江戸川亂步傑作集 1

江戶川亂步傑作集 1

孤島之鬼

輕文學
Light Literature

道雄臨死前並未呼喊父親之名，亦未呼喊母親之名，
而是緊緊抱著您的來信，不斷地呼喚您的大名。

孤島之鬼

插畫／咎井淳
監修／平井憲太郎

孤島之鬼

序言

我還不到三十歲，一頭濃密的髮絲已全數變白，沒有半根倖免。天底下還有像我這般不可思議的人嗎？年紀輕輕，頭上就戴了頂雪白的棉帽，私毫不遜於古時候的白頭宰相。不認識我的人一見到我，便會對我的腦袋投以狐疑的視線；有些比較不客氣的，連招呼都還沒打完，就劈頭問起我的白髮。提出這種問題的人男女皆有，同樣令我煩惱。除此之外，還有另一個問題，只有妻子的閨中密友才會悄悄詢問我，就是關我妻子左腿上側那道駭人的巨大疤痕。那是個不規則的圓形紅斑，看起來也像是大型手術的痕跡，令人觸目驚心。

其實這兩件異事並非我們夫妻倆的祕密，我倒不是不願意說明原因，只不過，要讓對方相信我說的話，實在是樁大工程。那是段很長的故事，或許一方面也是因為我的口才欠佳吧。即使我耐著性子說完，對方往往不肯輕易相信。大多數人的反應都是：「怎麼可能？」壓根兒不當一回事，活像我吹牛。即使有我的白髮和妻子的疤痕這兩樣鐵證，人們依然不相信，足見我們的遭遇有多麼怪誕離奇。

我曾經讀過一本名叫《白髮鬼》的小說，書裡描述某個貴族太早下葬，離不開墳墓，嘗盡死亡的痛苦，因此烏黑的頭髮一夜變白。我也聽過某個男人鑽進鐵桶中跳下尼加拉大瀑布的故事。那個男人運氣很好，安然無恙地下了瀑布，卻在剎那間化為白頭。如此這般，人類的頭髮倏地變白，大多伴隨著前所未見的莫大恐懼或痛苦。我這頭不滿三十歲就變白的髮絲，不正足以證明我曾經歷過人們難以置信的怪事嗎？妻子的疤痕亦然，倘若外科醫師察看她的傷口，想必難以判斷是如何造成的吧。肉瘤的疤痕不至於這麼大，要說是肌肉病變，有哪個蒙古大夫會留下如此大的手術切口？燙傷疤痕也不是這種模樣，更不是胎記。那道傷疤十分怪異，活像多長一隻腳而切除之後留下的。這不是尋常變故所能造成。

如此這般，光是逢人就被詢問，已經夠煩心；而在我道出原委之後，對方不肯相信，更是令我懊惱。再說，其實我也強烈渴望將這段世人無從想像的怪事——將我們在世外異境的經歷公諸於世，好讓大家知道，天底下竟有如此駭人聽聞之事。

因此，我心念一動，決定將親身經歷寫成書，這麼一來，一旦有人問起老問題，我便可以遞上此書，告訴對方：「關於這個問題，在我的著作裡有詳盡的解答。只要閱讀本書，便可解開您的疑惑。」

然而說來慚愧，我缺乏寫作素養。我喜愛小說，閱讀的經驗不少，可是自從職校一年級的作文課以來，除了業務上的書信以外，我完全沒寫過文章。這不打緊，瞧瞧現代小說，不就是把腦子裡的東西平鋪直敘地寫出來而已嗎？我應該也辦得到吧？再說，我的故事並非虛構，而是親身經歷的事實，寫起來應該更加得心應手才是。然而，實際上開始動筆，才知道沒這麼輕鬆。首先，一反我的預測，故事是親身經歷的事實，寫起來反而更加費力。平時疏於寫作的我不擅長舞文弄墨，反倒被筆墨玩弄，總是忍不住寫些冗詞贅句，該寫的反而擱下了，鐵一般的事實竟變得比市面上的三流小說更像虛構的故事。直到此時，我才體認到把事實寫得像事實有多麼困難。

光是故事的開端，我就寫了又撕、撕了又寫，重寫過二十次。最後，我認為還是從我和木崎初代的愛情故事寫起最為妥當。老實說，對於並非小說家的我而言，把自己的戀情撰寫成書、暴露於睽睽眾目之下，是件羞恥至極、痛苦萬分之事，不過若是不寫出這一節，便會失去脈絡，因此不只是初代與我的關係，連其他類似情節——尤其是我和某人之間的同性情愫，我都得厚著臉皮公諸於世。

若要從較為顯著的事件說起，這個故事是始於兩個人於兩個月間相繼橫死——或說遭遇凶殺。這一點與市面上的偵探小說或離奇小說頗為相似，實際上卻截然不同。在進入正文之前，身為主角（或第二主角）的我的情人木崎初代就遇害了；另一個我所尊敬的業餘偵探，受我之託調查初代橫死事件的深山木幸吉，也於不久後被殺。非但如此，這兩人的橫死不過是我即將述說的離奇故事——亦即我的親身經歷——的開端，正文遠遠來得更加驚悚、更加邪惡，並且牽涉了難以想像的罪孽。

說來也是外行人的可悲之處，即使我說得再怎麼天花亂墜，也無法打動讀者的心。不過，之後讀者應該會明白這段前言一點也不誇張。

前言就到此為止，開始述說我的拙劣故事吧。

回憶中的一夜

當時，我是個二十五歲的青年，在丸之內的某棟辦公大樓裡的貿易商——合資公司S．K商會擔任辦事員。老實說，微薄的月薪只夠我自己花用。無可奈何，誰教我的家境不好，無法供我從W職校畢業後繼續升學呢？

我從二十一歲開始上班，到那年春天正好滿四年。我負責核對部分會計帳簿，從早到晚只需打算盤。而我雖僅職校畢業，卻熱愛小說、繪畫、戲劇及電影，自以為懂得藝術，因此遠比其他職員討厭這種機械性的工作。我的同事大多是光鮮亮麗、勇於嘗試且活在當下的人，不是每晚勤跑咖啡廳或舞廳，就是滿嘴的運動話題。喜歡幻想又內向的我雖然在公司裡待了四年，卻沒半個朋友，使得我的上班生活變得更為枯燥乏味。

然而，從半年前開始，我不再那麼厭惡每天早起上班了。因為當時十八歲的木崎初代進入了S．K商會，擔任實習打字員。木崎初代是我打從出生以來便在心中描繪的理想女性，她的膚色是憂鬱的白色，卻沒有不健康的感覺；身軀像鯨骨般柔韌且富有彈性，卻不似阿拉伯馬那麼壯碩；白皙的額頭以女人而言稍嫌過高，左右不對稱的眉毛蘊含一股不可思議的魅力，一雙丹鳳眼帶有奇妙的神祕色彩，不太高的鼻梁和不過薄的嘴唇點綴著下巴小巧的緊緻臉龐，人中比一般人狹窄，上唇微微向上翹起——其實這樣細細描寫，反倒不像初代了。不過，她大致上就是如此，雖然不符合一般美女的標準，對我而言卻充滿無比魅力。

內向的我苦無機會，整整半年都沒和她說上半句話。早上即使碰面，也是連個注目禮都沒有。（辦公室裡員工眾多，除非是工作上有交集或特別親近，否則沒有互道早安的習慣。）然而，某一天，我不知道是哪根筋不對勁，居然開口向她攀談。事後想想，這件事——不，連她進我們公司工作都是命運的安排。我指的並非她和我的戀情，而是當時向她攀談，導致日後經歷了促使我撰寫本書的駭人遭遇。

當時，木崎初代頂著似乎是她自己打理的、頭髮全往後梳的漂亮髮型，垂臉望著打字機，微微弓起穿著藤紫色制服的背，專注地敲著鍵盤。

HIGUCHI　HIGUCHI　HIGUCHI　HIGUCHI

HIGUCHI　HIGUCHI　HIGUCHI　HIGUCHI

仔細一看，信紙上排滿某人的姓氏，應該是「樋口」吧？看起來活像花紋一樣。

我本來想寒暄一句：「木崎小姐，妳真專心啊。」卻犯了內向之人的通病，臨陣慌了手腳，笨頭笨腦地用高八度的聲音叫她：

「樋口小姐。」

聞言，木崎初代轉向我，宛若在回應這道呼喚。

「什麼事？」

她一派鎮定，卻又像小學生一樣天真無邪地如此回答。對於被稱呼為「樋口」，她沒有絲毫疑問。我再度慌了手腳，莫非我誤以為她姓「木崎」？其實她只是打著自己的姓氏而已？這個疑惑讓我暫時忘了害羞，忍不住說出長一點的句子。

「妳是姓『樋口』嗎？我一直以為妳姓『木崎』。」

聞言，她猛省過來，眼眶微微泛紅地說：

「哎，我一時沒留意……我姓木崎沒錯。」

「那樋口是？」

妳的意中……話說到一半，我驚覺自己多言，連忙閉上嘴。

「沒什麼……」

木崎初代慌慌張張地把信紙從機器中抽出來，揉成一團。

我把這段無聊的對話寫下來是有理由的。這段對話不只是加深我們關係的契機，她所打的姓氏「樋口」，以及她被喚作「樋口」卻毫不遲疑地回應的事實，其實包含與故事核心相關的重大意義。

這篇故事的主題並非愛情，該寫的事情太多，沒有多餘的篇幅可以花在這上頭。因此，關於我和木崎初代的戀情進展，我僅概略敘述幾句。經過這段偶然的對話以後，我們雖然沒有相約，卻常一起踏上歸途。如此這般，電梯裡、辦公大樓到電車站的路上，以及搭上電車後抵達她往巢鴨、我往早稻田的轉乘站前的短暫期間，成了我一天最開心的時光。不久，我們變得越來越大膽。有時候，我們會晚一點回家，前往公司附近的日比谷公園，坐在角落的長椅上閒談片刻；有時候，我們會在小川町的轉乘站下車，走進那一帶的老舊咖啡廳，各點一杯飲料。至於清純的我們鼓起莫大勇氣走進郊區的旅社，已經是將近半年後的事。

過去我時常感到寂寞，木崎初代亦然。我們都不是勇於嘗試的現代人。可喜的是，如同她的容貌是我打從出生以來就在心中描繪的理想形象一般，我的外貌也是她有生以來便心嚮神往的模樣。說句奇怪點的話，其實我對於自己的相貌小有自信。有個名叫諸戶道雄的人，同樣在這個故事中扮演重要角色。他畢業於醫科大學，在大學研究室從事某種奇妙的實驗。這個諸戶道雄打從還是醫學生，而我還是職校生時，就對我抱著真心實意的同性情愫。

無論外表或內在，他都是我所認識的人之中最為高貴的美男子。雖然我對他並沒有任何特殊感情，但是一想到自己居然能讓挑剔的他看上眼，我對自己的外貌便多了幾分自信。至於我和諸戶的關係，就留待之後的機會敘述吧。

我和木崎初代在郊區旅社裡的第一個夜晚，至今仍令我難以忘懷。當時我們在一家咖啡廳，像私奔的情侶般多愁善感、自暴自棄。我喝了三杯喝不慣的威士忌，而初代也喝了兩杯甜甜的雞尾酒，兩人都滿臉通紅，醉意醺醺，因此站在旅社櫃台前時並不怎麼羞恥。我們被帶往的客房裡放了張大床，壁紙上遍布汙漬，看起來陰森森的。服務生把房門鑰匙和粗茶放在角落的桌上之後，默默地離去。這個時候，我們突然大驚失色，面面相覷。初代外表看來柔弱，其實內心十分堅強。然而，此時的她卻是醉意全消，臉色發青，失去血色的嘴唇不斷顫抖。

「妳害怕嗎？」

為了掩飾自己的恐懼，我如此輕聲說道。她默默閉上眼睛，微微地搖了搖頭。然而，不用說我也知道她很害怕。

這真是既詭異又尷尬的場面，我們壓根兒沒料到會發生這種情況。我們都深信自己可以處之泰然，就像世上的男男女女一樣享受最初的夜晚。然而，當時的我們根本沒有躺上床的勇氣，更沒有寬衣解帶、袒露相見的念頭。簡單地說，我們非常焦慮，連早已親過好幾次的嘴也沒親。當然，其他事更是完全沒做，只是並肩坐在床上，為了掩飾尷尬而生硬地擺動雙腳，沉默了將近一小時。

「欸，不如我們來聊聊天吧？我突然想說小時候的事。」

她用低沉清澈的嗓音說。我由於生理上過度焦慮，物極必反，心情反而舒坦了起來。

「嗯，好主意。」

我讚許她的慧黠回答：

「談談妳的身世吧。」

她換了個輕鬆的姿勢，用清澈細膩的聲音道出兒時的奇妙回憶。我默默聆聽，好一陣子動也不動，專注於她的身世之中。她的聲音宛若搖籃曲，聽來相當悅耳。

在那之前與之後，我也斷斷續續地聽她提過幾次她的身世，但是從未像這次這般感觸良多。至今我仍然能夠鮮明地憶起她所說的一字一句，不過撰寫這篇故事用不著鉅細靡遺地記錄她的身世，因此我只節錄日後與這個故事有關的部分。

「以前也跟你說過，我不知道自己在哪裡出生、是誰家的孩子。現在的媽媽——你還沒見過她，我和她相依為命，工作就是為了養她——她對我這麼說：『初代，妳是我們夫妻年輕時在大阪一個叫川口的碼頭撿到、拉拔長大的。當時妳的手上拿著一個小包袱，在候船室的陰暗角落哭哭啼啼。我們打開包袱一看，裡頭有一本族譜，上頭記錄的應該是妳的祖先吧；還有一張紙，我們就是看了這張紙，才知道妳的名字叫初代。妳當時三歲。我們沒有孩子，認為妳是老天爺賜給我們的女兒，所以去警署辦了手續正式收養妳，把妳一點一滴地拉拔長大。所以妳也別見外，把我——當時我爸已經死了，只剩下我媽一個人——當成妳真正的媽媽。』聽了這番話，感覺就像在聽故事一樣，我其實一點也不難過，可是說來奇怪，我的眼淚卻不停掉下來。」

初代的養父在世時曾經多方調查那本族譜，費盡心力尋找她真正的父母。然而，族譜有些地方破損，上頭又只有祖先的名字、別號及諡號——從這一點看來，初代的家族應該是頗有地位的武士家系——完全沒有記載祖先隸屬於哪個藩、居住在哪個地方，因此養父也無能為力。

「都怪我太笨，三歲了還記不得爸媽的長相，才會被拋棄在那種人來人往的地方吧。不過，有兩件事我記得一清二楚，現在只要閉上眼，便會鮮明地浮現在黑暗之中。其中一件事，是我在某個陽光普照的海岸草地上和一個可愛的小寶寶玩耍。那個小寶寶真的好可愛，我想我大概是以大姊姊自居地照顧他吧。下方的大海蔚藍無比，遠遠地可望見另一頭有一片籠罩著紫色霧氣的陸地，看起來像頭牛在睡覺。我常想，或許那個小寶寶是我的親生弟弟或妹妹，沒有像我一樣被拋棄，現在仍然在某個地方和爸媽一起過著幸福快樂的生活。每次這麼想，我的胸口便會緊緊揪起來，產生一種既懷念又悲傷的感覺。」

她凝視著遠方，宛若自言自語。而她的另一個兒時回憶則是——

「我在一座盡是岩石的小山山腰處看風景，不遠處有座別人家的大宅院，外圍是一道森嚴的土牆，看上去活像萬里長城。主屋的屋簷宛如大鵬展翅氣派，旁邊還有個白色的大倉庫，在陽光照耀下顯得格外鮮明。不過，除了這座宅院以外，附近沒有其他人家。宅院後頭同樣是蔚藍的大海，大海彼端依然是像頭牛在睡覺般景色朦朧的陸地。我想，那裡和我陪小寶寶玩耍的地方鐵定位於同一塊土地上。我夢過那個地方好幾次。在夢裡，我只要想著：『啊，又要去那裡了。』繼續往前走，就會走到那座岩山。如果我走遍日本各地，一定會發現景色和夢中一模一樣的土地，而那片土地就是我懷念的故鄉。」

「等等、等等。」此時，我打斷初代說道：「雖然我的畫技不高明，但是應該可以把妳夢裡的景色畫出來。要我試試嗎？」

「真的？那我描述得更詳細點。」

於是，我拿起桌上籃子裡的旅社信紙，用客房提供的筆，畫下她在岩山上望見的海岸景色。想當然耳，此時的我完全沒料到這個隨手塗鴉，日後將會發揮重大的效用。

「哇，太不可思議了，就是這樣，就是這樣！」

見了我畫好的圖，初代開心地叫道。

「這張圖我可以留著嗎？」

我說道，把這張紙折得小小的，收進上衣口袋，像收藏情人的夢想。

接著，初代又訴說許多自她懂事以來的悲喜回憶，這部分便不多贅述。總之，我們共度了美夢般的初夜。當然，我們並未留宿旅社，而是在深夜各自踏上歸途。

我和木崎初代的感情日益深厚。過了一個月，我們在同一間旅社度過第二夜，關係已不似之前如同少年的夢境般純真。我先前往初代家拜會她慈祥的養母，不久，我和初代各自向母親表明心跡，而雙方的母親並未積極反對。只是我們太過年輕，結婚對於我們而言仍然遙不可及。

年少無知的我們學小孩打勾勾，稚氣地互贈禮物。我花了一個月的薪水，買了枚碧璽戒指——這是初代的生日石——送給她。某一天，我在日比谷公園的長椅上，用從電影中學來的手法將戒指套在她的手指上，而初代像小孩一樣開心（家境不好的她手指上沒有半枚戒指）。思考片刻之後，她一面打開從不離手的手提袋，一面說道「啊，我想到了」。

「你知道嗎？我剛才煩惱著該回送什麼才好。雖然買不起戒指，不過我有個好東西，就是之前跟你說過的，我那不知去向的爸媽留給我的唯一紀念品——族譜。我一直很珍惜這本族譜，出門時也放在手提袋裡隨身攜帶，這樣才能與我的祖先寸步不離。這是連繫我和千里之外的媽媽唯一的物品，不管發生什麼事，我都不願意讓它離手。不過，我沒有其他東西可以送給你，就把這本重要性僅次於性命的族譜交給你保管，好不好？雖然只是沒有用處的廢紙，你還是要好好珍惜喔。」

說著，她從手提袋中拿出一本又舊又薄的布面族譜交給我。我接過族譜翻了翻，只見上頭用紅色線條串連著許多老派又威武的名字。

「這邊寫著樋口，對吧？你應該知道，就是我從前用打字機亂打時被你看見的姓氏。欸，其實我一直認為我真正的姓氏不是木崎，而是樋口，所以那時候你叫我樋口，我忍不住答腔了。」

她如此說道。

「別看這只是沒有用處的廢紙，從前可是有人開出高價收購呢！是我家附近的舊書店。大概是我媽說溜嘴，輾轉傳到書店老闆耳中。不過，無論價碼開得再高，我都婉拒。所以這並不是一文不值的東西。」

她又說了這番孩子氣的話。

換句話說，這就是我們的訂婚信物。

然而，不久後，我們遇上一點小麻煩。有個無論地位、財產或學識都遠勝於我的求婚者，突然出現在初代面前。他透過有力的媒人，鍥而不捨地向初代的母親提親。

初代從母親口中得知此事，是在我們交換信物的隔天。初代的母親告訴她，其實早在一個月前，媒人已經透過親戚的介紹登門提親。聞言，我大吃一驚。但最讓我驚訝的不是求婚者的條件遠勝於我，也不是初代的母親似乎比較中意對方，而是向初代求婚的正是和我有著奇妙關係的諸戶道雄。這股驚訝之情強烈得足以抵銷其他的驚訝及心痛。

要問我為何如此驚訝，我就得坦白說出一段有些難堪的往事了……

在前文中我也曾略微提及，其實科學家諸戶道雄這幾年來都對我懷抱著某種不可思議的情愫。至於我呢？當然，我無法理解這種情愫，但基於他過人的學識、才氣橫溢的言行舉止以及充滿異樣魅力的容貌，我並未感到不快。只要他的行為沒有逾矩，我都把他的好意當成單純的友情，不吝接受。

在我就讀職校四年級時，雖然老家與學校同樣位於東京，但一方面是出於家庭因素，而絕大部分是出於幼稚的好奇心，我在神田一棟名叫初音館的公寓租了間雅房。我就是在那兒認識同為房客的諸戶。我們年紀相差六歲，當時我十七歲、諸戶二十三歲。他是個大學生，又是出名的才子，因此每當他提出邀約，我總是抱著尊敬之心欣然接受。

我得知諸戶的感情，是在相識的兩個月後，但並非從他的口中直接得知，而是聽他的朋友閒聊時發現的。有人四處說：「諸戶和蓑浦之間有曖昧。」之後我便仔細留意，發現諸戶唯有在面對我時，白皙的臉上才會流露些微的羞赧之情。當時我只是個孩子，學校裡也有人抱著好玩的心態從事同樣行為，因此當我想像諸戶的心情，不禁獨自紅了臉。那並不是一種十分不快的感覺。

我想起他常邀我去澡堂，在澡堂裡也曾替彼此洗背，而他總是替我的全身上下抹滿肥皂泡沫，活像母親替幼兒洗澡那般仔細。起初我以為他是單純出於好心，後來得知他的心意，仍是刻意讓他這麼做。這點小事不至於傷害我的自尊心。

散步時，我們也會拉手或搭肩，這也是我刻意而為的。他的指尖有時會帶著強烈的熱情緊握我的手指，我總是裝作不以為意地任他握住，其實心跳略微加速。說歸說，我從來不曾回握他的手。

除了肢體上的行為，他在其他方面當然也對我呵護有加。他常送我禮物，也常帶我去看戲、看電影或觀賞運動比賽，還幫我溫習語學。每逢我考試，他便像關懷自己的孩子般，百般照應、替我操心。這類精神上的呵護，使得我至今仍然難忘他的好意。

不過，我們的關係自然不會永遠停留在這種階段。過了一段時間，他變得一見我就發愁，默默嘆息；在相識滿半年之後，我們終於碰上危機。

那天晚上，我們嫌公寓供應的飯菜難吃，前往附近的餐廳用餐。不知何故，他像是豁出去似的，黃湯一杯接一杯下肚，並且再三向我勸酒。當然，我當時還不會喝酒，順著他的意喝了兩、三杯之後，臉頰便倏然發燙，腦袋瓜裡活像盪鞦韆一樣搖搖晃晃，一股放縱感逐漸占據我的心房。

我們勾肩搭背，沿途唱著一高的宿舍歌，回到公寓。

「去你的房間，去你的房間吧！」

諸戶說道，把我拉回我的房間，房裡擺著我從不收拾的被褥。也不知道是被他推倒，或是我自己絆倒，我突然倒向被褥。

諸戶站在我身旁，目不轉睛地凝視我的臉龐，生硬地說道：

「你好美。」

說來奇妙，這一剎那，我腦中閃過一種異樣的念頭，彷彿我化成女性，眼前這個因酒意而滿臉通紅卻多了股魅力的美貌青年，就是我的丈夫。

諸戶跪下來，牽起我擱在一旁的右手。

「你的手好燙。」

我也同時感受到對方滾燙如火的掌心。

我臉色發青，縮到房間角落，而諸戶的眉宇之間隨即浮現鑄下大錯的後悔之色。

「開玩笑的、開玩笑的，我剛才是鬧著玩的，不會做那種事。」

他啞著嗓子說道。

接著有好一陣子，我們都只是把臉撇向一旁，默默不語。突然，喀噹一聲，諸戶在我的桌子上趴下來，把臉埋在盤起的雙臂之中一動也不動。見狀，我猜想他或許是在哭泣。

「請別輕蔑我。你一定覺得我很齷齪吧？我和你是不同的人種，在所有意義上都截然不同，可是我無法說明這些意義。有時候我一個人獨處，都會害怕得渾身打顫。」

不久，他抬起臉來如此說道。不過，我不明白他在害怕什麼——直到許久以後遇上那種場面的那一刻。

正如我的猜想，諸戶的臉龐滿是淚痕。

「你能諒解嗎？我只求你的諒解。若是奢求更多，或許就是我強人所難。不過，請你別逃開，陪我說說話，至少接受我的友情，給我繼續單相思的自由，好不好？欸，蓑浦，起碼讓我保有這點自由……」

我頑固地保持沉默，然而，看著諸戶一面訴說一面流淚，我也不禁熱淚盈眶。

我隨心所欲的租屋生活因為這件事而中止。雖然我並未對諸戶產生嫌惡感，但兩人之間的尷尬氣氛與我的薄臉皮，讓我無法在公寓繼續待下去。

話說回來，我實在難以理解諸戶道雄的心。在那之後，他非但沒有放棄這段異樣的戀情，用情甚至隨著時光流逝越來越深。有時偶然相遇，他會不著痕跡地在談話之間表露心跡；大多時候，他都是透過前所未見的情書訴說他的相思之苦。這樣的情形一直持續到我二十五歲時，教我如何不費解？縱使我滑嫩的臉頰仍舊帶有少年時的影子，且肌肉不似一般的成年男性發達，反倒如婦女般豐潤。

這樣的他竟突然向我的情人求婚，我的震驚自然不在話下。在對他產生情敵的敵意之前，反而先感受到一股近似失望的感情。

「莫非……莫非他知道我和初代談戀愛，為了不讓異性搶走我、為了在他心裡永遠獨占我，才化為求婚者，阻撓我們的戀情？」

自大的我無法克制猜疑心，做出這種無謂的想像。

怪老人

這是件匪夷所思的事。某個男人由於過於深愛另一個男人，居然企圖搶走那個男人的情人。這是普通人絕對無法想像的情況。當我妄自揣測諸戶是為了從我身邊搶走初代而求親時，忍不住嘲笑自己的多疑。然而，一旦心生猜疑，這股疑忌便揮之不去。我還記得諸戶曾經對我詳述他的異樣心態：「我從女人身上不但感受不到任何魅力，甚至感到厭惡、覺得骯髒。你能懂嗎？這種心態不僅可恥，更是可怕。有時候，我會害怕得不知該如何自處。」

生性厭惡女人的諸戶道雄突然想結婚，而且如此鍥而不捨地提親，實在太奇怪了。我之所以用「突然」兩字形容，是因為直到不久前，我都還持續收到諸戶那種異樣但真心實意的情書；一個月前，我甚至曾受諸戶之邀，一同去帝國劇場看戲。想當然耳，諸戶邀我看戲的動機是出於對我的愛。從他當時的舉止看來，這一點無庸置疑。然而，僅僅經過一個月，他的態度就有一百八十度的轉變，拋棄了我（這麼形容活像我們之間有什麼曖昧，但絕無此事）向木崎初代求婚，這確確實實是不折不扣的「突然」舉動。非但如此，他的對象居然正好是我的情人木崎初代，若說是巧合，未免太過牽強。

如此這般，經過我這番解釋，相信大家便能明白我的猜疑並非毫無根據。不過，正常人難以理解諸戶道雄的奇妙行動及心理，說不定會反過來責怪我浪費諸多篇幅在無謂的揣測之上。不像我這樣曾直接目睹諸戶異樣舉止的人，會有這種反應很正常。既然如此，或許我該稍微顛倒一下順序，向讀者說明我之後得知的事。換句話說，我的猜疑並非妄想。諸戶道雄確實如我猜想，為了拆散我和初代，才大張旗鼓地向初代求婚。

至於他如何大張旗鼓——

「真的很煩人。媒人幾乎天天上門遊說我媽，而且對你瞭若指掌，舉凡你家的財產、你在公司領的月薪，全都跟我媽報告。還說憑你的本事，無法娶我進門、養活我媽。實在太過分了。最讓我懊惱的是，我媽看了那個人的照片、聽聞他的學歷和家境以後，就開始動心。我媽是個好人，可是這回我真的怨恨起她來，太可悲了。最近我媽和我簡直成了仇人，一開口就是這件事，講到最後一定吵架。」

初代如此訴說。從她的口氣，可知諸戶是多麼鍥而不捨地提親。

「都是那個人，害得我媽和我鬧得很僵，一個月前的我根本無法想像這種情況。比方說，我媽最近常趁我不在家時，偷翻我的書桌和書信盒，好像是想找你寫的信，打探我們進展到什麼地步。我這個人向來一絲不苟，抽屜裡都收拾得整整齊齊，最近卻常常變得亂七八糟。真的太可悲了。」

原來還發生了這樣的事。初代向來乖巧又孝順，但是在這場和母親的戰爭之中，她並未投降，始終堅持己見，甚至不惜惹惱母親。

這個意料之外的障礙，反而讓我們的關係變得更為密切、深厚。初代對於我一度畏怯的情敵不屑一顧，一心一意愛著我，她的真切情意令我感激不盡。當時正值暮春，為了減少初代回家之後與母親相處的時間，我們下班便在燈光燦爛的大路上，或是嫩葉味瀰漫的公園裡並肩散步。到了假日，則是在郊外的電車站會合，漫步於綠意盎然的武藏野。如今閉上眼睛，我仍能看見小河、看見土橋、看見石牆、看見宛若鎮守之森的高大老樹林。在這般美景的環繞中，二十五歲卻仍然稚氣未脫的我，和身穿花俏銘仙（註1）、腰間高綁我最愛的礦物顏料色織帶的初代並肩同行。請別笑我幼稚，這是我的初戀之中最快樂的回憶。雖然僅僅維持了八、九個月，但兩人一直形影不離。我將工作與家庭拋諸腦後，猶如漫步雲端般陶醉得意。我不再畏懼諸戶的求婚，因為我完全沒有理由擔心初代變心。如今初代已不把母親的斥責放在心上，絲毫沒有接受其他人求婚的念頭。

至今，我仍然無法忘記那種如夢似幻的快樂。然而，那段美好的時光稍縱即逝。在我們

註1／大正至昭和年代普及於日本女性之間的絹織和服。

初次交談的九個月後——我記得一清二楚，那是大正十四年六月二十五日——我們的關係畫下休止符。說來悲哀，這並非因為諸戶道雄求親成功，而是木崎初代死了。不僅如此，她的死法極不尋常。她成了兇殺奇案的被害者，悽慘地離開人世。

然而，在敘述木崎初代的橫死事件之前，我想先請讀者留意某件事，那是初代在死前幾天向我訴說的怪事。這件事也與後續發展有關，請讀者務必牢記在心。

某一天，初代上班時始終臉色蒼白，像在害怕什麼一般。下班後，我們並肩走在丸之內的大道上，我問起這件事。初代邊窺探身後邊依偎著我，說出以下這番駭人的經歷。

「昨晚是第三次了，每次都是在我大半夜洗澡的時候遇上。你也知道，我住的地方很偏僻，晚上都烏漆抹黑。我漫不經心地打開格子門，走到門外，發現有個奇怪的老爺爺站在我家的格子窗邊，三次都是這樣。我一打開格子門，他就驚覺過來，立刻改變姿勢，若無其事地走開。瞧他的樣子，在我開門的那一瞬間之前，似乎一直在窗口窺探我家裡的情況。一、兩次或許是我多心，可是，昨晚又發生同樣的事，他絕對不是碰巧路過的人。說歸說，我從來沒在附近看過那樣的老爺爺。總覺得這是個壞兆頭，我害怕極了。」

見我險些笑出來，她氣急敗壞地繼續說道：

「他不是普通的老爺爺，我從沒看過那麼恐怖的老爺爺。他的年紀可不只五、六十歲，鐵定超過八十，腰彎得活像從背部將身子折成兩半似的；走路時也一樣，拄著拐杖像把彎了的鑰匙，只有頭朝著前方，遠遠看上去只有普通成年人的一半高，活像隻噁心的蟲子在爬。還有，他的臉上滿布皺紋，都快看不清楚五官，不過瞧他那副模樣，年輕的時候長得一定也很嚇人。我心裡害怕，不敢多看，可是就著我家門前燈的光線，我瞥見了他的嘴巴。他的嘴唇活像兔子般裂成兩半，我到現在還記得他和我四目相交、咧嘴一笑的模樣，直教我忍不住發毛。一個活像妖怪、八十好幾的老爺爺，接連三次在三更半夜站在我家前頭，實在太奇怪了。這會不會是什麼壞兆頭？」

初代的嘴唇血色全失、微微顫抖，她定然很害怕。當時，我只笑著說她想太多。畢竟，即使她看到的是真的，我也不明白其中意義。再說，一個年過八十、彎腰駝背的老爺爺，能有什麼危險的企圖？我只當成是少女無謂的恐懼，根本沒當一回事。然而，事後我才知道初代的直覺準確得多麼可怕。

沒有入口的房間

好，現在我該敘述大正十四年六月二十五日那件駭人聽聞的事。

前一天，不，前一晚七點左右，我還和初代聊著天。那是暮春的銀座夜晚。平時我鮮少去銀座，當晚不知何故，初代提議前往銀座一遊。初代身穿花樣雅致的全新黑色系單衣和服，腰間繫著黑底銀絲腰帶，腳上穿著同樣嶄新的胭脂色鞋帶草鞋。我擦得晶亮的皮鞋和她的草鞋踩著同樣的步伐，快步走在人行道上。當時，我們低調地模仿新時代青年男女的流行。那一天正好是發薪日，我們決定稍微揮霍一下，前往新橋的某間雞肉料理店用餐。我們邊小酌邊談天說笑，直到七點左右。我還記得自己在醉意使然之下，氣焰高張地大叫：「諸戶，走著瞧！」接著又自以為是地笑道：「現在諸戶一定打著噴嚏吧！」啊，我真是愚蠢得可以。

隔天早上，我回憶著昨晚臨別時初代令我深愛不已的笑容，以及縈繞心頭的話語，春風滿面地打開S・K商會的大門。一如往常，我做的頭一件事是望向初代的座位。連每天早上誰先來上班，都是我們引以為樂的話題之一。

然而，打卡時間已經過了，初代仍然不見人影，打字機的罩子也沒掀開。我暗自納悶，正要走向自己的座位，旁邊突然有道激動的聲音叫住我。

「蓑浦，不好了。你冷靜聽我說，木崎遇害了。」

是負責人事的總務主任K先生。

「警方剛才通知公司，我這就要去探望她的家人，你要不要一起去？」

K先生帶著幾分好意與幾分調侃之意說道。我們的關係在公司裡人盡皆知。

「好，我也一起去。」

我六神無主，只能機械式地回答。向同事報備過後，我和K先生一起坐上轎車。

「她是在哪裡遇害的？誰下的手？」

車子開始行駛之後，我好不容易才用乾燥的嘴唇和嘶啞的聲音詢問。

「在她家。你應該去過吧？還沒查出凶手是誰。沒想到她會碰上這種橫禍。」

生性溫厚的K先生心有戚戚焉地說道。

人感到劇烈疼痛的時候，往往不會立即流淚，反而會露出奇妙的笑容。哀傷過度時亦然，不但忘了哭泣，甚至連傷心的氣力都喪失殆盡，必須等到一段時日之後，才能體會真正的悲傷。我的情況也一樣。我還記得自己坐在車上時，甚至連抵達現場看見初代的屍體時，都猶如置身事外般茫然，行為舉止像個普通的訪客。

初代家位於巢鴨宮仲一條不知算是大街或小巷的窄路上，小商家與民宅櫛比鱗次。只有她家和隔壁的古物店是平房，屋簷矮了一截，因此遠遠地就可以認出來。初代和她的養母相依為命，住在這棟只有三、四個房間的小房子裡。

我們到場的時候，警方已經驗屍完畢，正在向附近鄰居問話。初代家的格子門前有個身穿制服的警官看守，K先生和我出示S・K商會的名片才得以入內。

化為屍體的初代躺在六疊（註2）大的裡間，全身被白布覆蓋，前方有一張鋪著白布的靈桌，桌上立著小蠟燭及線香。與我僅有一面之緣、身材矮小的初代母親在屍體旁伏地哭泣，板著臉坐在一旁的則是她亡夫的弟弟。我在K先生之後慰問初代的母親，接著在靈桌前行了一禮，來到遺體旁輕輕掀開白布，窺探初代的臉。

據說初代是心臟中刀而亡，但臉上絲毫沒有痛苦之色，表情宛若微笑一般安詳。她的雙目緊閉，生前便少有血色的臉頰，如今更是蒼白如蠟。胸口的傷痕用厚厚的繃帶包著，猶如她生前纏的腰帶。我望著遺體，想起十三、四個小時前在雞肉料理店與我相對而坐、談笑風生的初代，胸口緊緊地揪了起來，直教我懷疑是不是內臟出毛病。剎那間，我淚如泉湧，撲簌簌地掉在遺體枕邊的榻榻米上。

唉，我似乎太過沉浸於不復返的回憶之中了。這份紀錄的目的不在於聽我唉聲嘆氣，還請各位讀者原諒我亂發牢騷。

警察在現場向K先生和我提出許多關於初代日常生活的問題，事後又把我們叫到警署詢問。綜合這些過程中所得的訊息，以及初代的母親與鄰居的口述，可知這件可悲的凶殺案經過大致如下。

案發前一晚，初代的母親前去拜訪住在品川的小叔，商量女兒的婚事。由於距離甚遠，過了一點她才回到家。她鎖好門窗，與尚未就寢的女兒談話片刻後，便回到她四疊半的臥房——亦可稱為玄關——就寢。在這裡，我要先說明一下這棟房子的格局。剛才提到的四疊半玄關後頭是個六疊的飯廳，形狀橫長，可通往六疊的裡間與三疊的廚房。六疊的裡間即是客廳，兼作初代的臥房。初代出外工作，支撐家計，因此分到最大的主臥房。四疊半的玄關面向南方，冬暖夏涼，光線充足，極為舒適，初代的母親便拿來當作自己的房間，在那兒做些針線活。中間的飯廳雖然寬敞，但是與廚房僅有一扇紙門相隔，陽光又照不進來，陰暗潮溼，初代的母親不喜歡，索性把玄關當臥房。至於我為何要如此詳細地說明格局呢？因為格局正是把初代橫死事件變得萬分棘手的因素之一。順道一提，另一個令案情膠著的原因，是初代的母親有些重聽。當晚她熬夜，睡前又發生了令她情緒激動之事，使得她難以入眠。好

註2／疊為計算榻榻米的單位，兩疊約為一坪。

不容易入睡以後——雖然時間極短——她便陷入熟睡狀態，在早上六點醒來之前，她都睡得不省人事，對於輕微的聲響也毫無知覺。

初代的母親六點醒來，一如平時，在打開門窗之前，先到廚房替灶台生火；又因為掛念著昨晚的事，她便打開飯廳的紙門，窺探初代的臥房。在遮雨門縫隙間射入的光線和徹夜未關的檯燈燈光照射之下，她一眼便明白發生了什麼事。棉被是掀開的，仰躺的初代胸口一片鮮紅，上頭插著一把素面木柄短刀。現場沒有打鬥的痕跡，初代也沒有露出痛苦的表情，死相一派平靜，彷彿睡到一半有些悶熱而踢開被子一樣。凶手下手極為俐落，一刀直刺心臟，想必初代根本無暇喊痛。

初代的母親大驚失色，跌坐在地，連聲呼喊：「快來人啊！」她有些重聽，嗓門原本就很大，這會兒放聲大叫，立刻驚動隔壁鄰居，轉眼間便有五、六個人聞聲趕來，可是門窗還鎖著進不來。他們一面拍打門板，一面大叫：「阿婆，開門啊！」有些人按捺不住便繞到後門，但後門一樣鎖著打不開。過了片刻，初代的母親出來向鄰居賠不是，說她一時六神無主，並把門打開，眾人才得以入內，並得知發生了駭人的凶殺案。緊接著又是一陣雞飛狗跳，有人忙著報警，有人忙著通知初代母親的小叔，幾乎是整條街總動員。就拿隔壁的古物店來說，套句老店主的話，店裡根本成了「葬禮的暫時休息站」。這條街本來就狹窄，每戶人家都有兩、三個人在門口張望，因而更顯得混亂。

根據法醫的驗屍結果顯示，兇手是在凌晨三點左右行兇的，但行兇動機不明。初代的房間並不凌亂，櫥櫃也沒有任何異狀。經過仔細調查之後，初代的母親發現有兩樣物品不見了，其中一樣是初代向來隨身攜帶的手提袋，裡頭有剛領到的薪水。據她所言，前一晚初代和她起了點小口角，沒空把薪水從手提袋裡拿出來，應該就擱在初代的桌子上。

從這些事實判斷，這起兇案十之八九是竊賊下的手。竊賊事先盯上裝著薪水的手提袋，趁夜潛入初代的房間行竊，但初代醒來，發出了聲音或採取了什麼行動，竊賊慌了手腳，便用身上的短刀刺殺初代，並帶著手提袋逃走。初代的母親渾然不覺確實有點違背常理，但如前所述，初代的臥房和母親的臥房有一段距離，而且初代的母親不但重聽，當晚又格外疲累而睡得很沉，也難怪她渾然不覺。又或許是竊賊根本沒給初代喊叫的機會，便用刀刺中她的要害。

讀者想必覺得奇怪，我何必如此仔細描述一個平凡的薪水竊賊？沒錯，上述事實的確是平凡無奇，但整起事件絕不平凡。老實說，我壓根兒還沒提到不平凡的部分，因為凡事都得照著順序來。

究竟是哪個部分不平凡？首先，薪水竊賊為何把巧克力罐也一併偷走呢？初代母親發現的另一樣遺失物品即是巧克力罐。聽到巧克力，我便想起來了。前一晚我們在銀座散步時，我知道初代愛吃巧克力，便與她一同進入某間點心店，買了罐巧克力送給她。那是個扁平的圓形小罐子，罐身看起來宛若在展示櫃中閃閃發光的美麗寶石，大小約和手掌差不多，裝飾得非常精美，我之所以選擇這罐巧克力正是因為中意這只罐子。初代的屍體旁散落著幾張銀紙，可知昨晚她就寢前曾吃了幾顆巧克力。

殺人的竊賊在這種危急的場合，怎會有閒情逸致拿走一罐沒有用處、價值又不到一圓（註3）的甜點？莫非初代母親誤會了，其實是收在其他地方？然而，無論如何尋找，都找不到那只漂亮的罐子。話說回來，不過是罐巧克力，即使弄丟也不成問題，這件凶殺案還有其他更為不可思議之處。

竊賊究竟是從哪兒潛入，又是從哪兒逃走的？首先，這間屋子的一般出入口有三個，第一個是正面的格子門，第二個是兩扇拉門式的後門，第三個是初代房間的緣廊。除此之外，只有牆壁和牢固的格子窗。這三個出入口在前一晚都上了鎖，而緣廊的每一扇門都有天地閂，無法從中間打開。換句話說，竊賊絕不是從一般出入口進出的。不光是初代的母親，起先聽見叫聲趕到現場的五、六個鄰居也證實這件事。如前所述，那天早上他們試圖進入初代家時，正門和後門都上了鎖。進入初代的房間後，為了採光，有三個人分頭去拉開遮雨門，當時遮雨門全都上了鎖。照這麼看來，竊賊是從這三個出入口以外的地方潛入並逃走的，那麼，究竟是從何處？

首先想到的是地板下。在這個家裡，只有兩處的地板下是外露的，一個是玄關的脫鞋處，另一個是初代房間面向中庭的緣廊。然而，玄關那兒用厚厚的木板堵起來了，而緣廊那兒為了防止貓狗入侵，全都裝上鐵絲網。無論是木板或鐵絲網，都沒有近期之內被拆除過的痕跡。

那麼換個骯髒點的地方，廁所的清掃口呢？廁所位於初代房間的緣廊邊，然而清掃口並不像早期的那麼大，謹慎的房東最近改裝過，大小只有五寸見方而已，沒有懷疑的餘地。此外，廚房屋簷上的採光窗也沒有異狀，關窗用的繫繩依然牢牢地綁在折釘鉤上。緣廊外側中庭的潮溼地面上同樣不見足跡。某個刑警從可以拆除的部位拆下了部分天花板，爬到上頭檢查，可是並未在厚厚的灰塵中找到任何痕跡。這麼一來，竊賊進出屋內的方法，只剩下打破牆壁或拆下正面的格子窗。不消說，牆壁完好無缺，格子窗則釘得牢不可拔。

這個竊賊非但沒有留下出入的痕跡，也沒在屋裡留下任何證據。做為凶器的素面木柄短刀就跟小孩的玩具差不多，每間五金行都有賣。刀柄、初代的桌子及其他可能的地方沒留下半枚指紋，想當然耳，也沒有遺留任何物品。說句奇怪點的話，這等於是一個沒有進屋的竊賊殺了屋裡的人，並偷走屋裡的東西。只有殺人和竊盜行為，不見凶手與竊賊。

註3／約為現在的日幣四百圓。

我在愛倫坡的《莫爾格街凶殺案》及卡斯頓・勒胡的《黃色房間的祕密》中也看過類似案件，但一直以為這類案件只可能發生在外國的建築物，絕不可能出現於以脆弱木板與紙張建蓋而成的日式建築中，如今才知道並不見得。縱使木板再脆弱，打破或拆除依然會留下痕跡。對於偵探而言，四分板和一尺厚的混凝土牆並沒有什麼不同。

不過，或許會有讀者在此時提出一個疑問：「在愛倫坡和卡斯頓・勒胡的小說中，密閉的房間裡只有被害者一個人，所以才顯得不可思議。可是以你的情況而言，根本只是誇大其詞而已嘛！就算整間屋子真如你所言，是完全密閉的，可是屋裡不只有被害者，還有另一個人啊！」

這話一點也沒錯。當時，檢察官和警察同樣是這麼想的。

既然沒有竊賊出入的痕跡，代表能夠接近初代的只有她母親一人。被偷走的兩樣物品或許是初代母親在混淆視聽，瞞著旁人偷偷處理掉兩件小東西也費不了多少功夫。最啟人疑竇的是老人家向來淺眠，縱使隔著一個房間，耳朵又有點重聽，但不至於有人被殺卻渾然不覺吧？負責這個案子的檢察官，必然也想到了這個疑點。

除此之外，檢察官還知道許多事實，包括初代和她母親並非親生母女，最近還為了婚事爭吵不休。

案發當晚，初代的母親為了請小叔幫忙而前去拜訪。隔壁古物店的老店主也指證她回來以後又和初代大吵一架。我則供稱初代母親常趁初代不在家時，偷翻初代的抽屜及書信盒，這似乎也讓檢警更加懷疑她。

可憐的初代母親，在葬禮的隔天就收到檢警的傳喚。

情人的骨灰

接下來的兩、三天，我都沒上班，關在房裡閉門不出，令母親與兄嫂擔憂不已。除了參加初代的葬禮以外，我一步也沒踏出家門。

隨著日子一天天過去，我逐漸體會到真正的悲傷。雖然我和初代只交往了九個月，但愛情的深刻與濃烈並不是由時間決定的。這三十年來，我嘗過許多悲傷的滋味，但都不如失去初代時這般深沉。我十九歲那年喪父，隔年又失去唯一的妹妹。當時生性軟弱的我也極為悲傷，可是，完全無法和失去初代的情況相比。愛情真的很奇妙，雖然賜予人無與倫比的喜悅，卻也帶來人世間最大的悲哀。說來不知是幸或不幸，我不識失戀的傷痛。不過，無論是怎樣的失戀，我應該都能承受吧，畢竟從失戀的那一刻起，對方便成了不相干的外人。但是，我和初代卻是深愛彼此，不畏任何阻礙。沒錯，就像我常形容的那樣，宛若漫步雲端，身心靈互相融合、化為一體，縱然是血親也無法如此契合。初代是我今生獨一無二的另一半，而她居然死了。倘若她是病死的，我還有時間照顧她。可是，她卻是在和我開開心心地道別之後，不過十幾個小時便化為不會說話的蠟像躺在我面前，而且是慘死於刀下，被一個來路不明的傢伙殘酷地刺穿她嬌弱的心臟。

我一重讀她寫給我的許多書信便淚流滿面，翻開她送給我的真正祖先族譜亦是淚流滿面，看著從前在旅社為她畫下的夢中海岸景色又是淚流滿面。我不想跟任何人說話，也不想見任何人，只想關在狹窄的書房裡閉上眼睛，與已然不在人世的初代相會。我只想在心中和她說話。

她的葬禮隔天，我突然心念一動，準備出門。嫂嫂問我：「要去上班嗎？」我並未答腔，逕自走出家門。想當然耳，我不是要上班，也不是要慰問初代的母親。我知道那天早上要替初代撿骨。啊，我正是為了去看昔日情人的可悲骨灰而前往晦氣之地。

正好趕上初代的母親和親戚們手持長筷撿骨的那一刻，我不合時宜地向初代母親表達哀悼之意，茫然站在火窯前，沒有人責怪我的失禮。我看著火葬師傅粗魯地用金屬火筷敲破骨灰塊，他活像冶金師在爐渣裡搜找特定金屬般，輕輕鬆鬆地找出死人的牙齒放入另一個小容器。我看著這一幕，目睹情人被當成「物品」對待，身體彷彿也跟著隱隱作痛。然而，我並不認為自己不該來。因為打從一開始，我就懷著某個幼稚的目的。

我逮到機會，瞞過眾人的耳目，從鐵板上偷走一把骨灰——我那變得面目全非的情人的一部分。（啊，我居然寫下如此可恥的事。）接著，我逃到附近的廣闊原野，發了瘋似地吶喊各種情話，並把那些骨灰——把我的情人吞入腹中。

我倒在草地上，異常的亢奮令我痛苦不堪，一面嚷嚷著「好想死、好想死」一面打滾。我在草地上躺了許久。說來慚愧，我沒有尋死的堅定意志，也沒有「不能同生，但願共死」的老派觀念。相對地，我下了一個堅定與老派程度僅次於尋死的決心。

我憎恨奪走心愛之人的劊子手。與其說是為了慰藉初代的在天之靈，不如說是為了我自己而憎恨。我打從心底詛咒這個劊子手。無論檢察官如何懷疑、警察如何判斷，我都不相信初代的母親是凶手。不過，初代遇害是鐵一般的事實，縱使沒有竊賊出入的跡象，仍必然有個凶手存在。不知凶手是誰的焦慮感加深我的恨意，我仰臥在原野上，凝視著晴空與燦爛的太陽暗自立誓，直到眼前發黑為止。

「我一定要找出凶手，替我們倆報仇。」

各位讀者也知道，我的個性既陰鬱又內向。此時我如何下定這般強烈的決心？又如何鼓起不似我這種人所有的勇氣，不畏之後遇上的任何危險，勇往直前？連我自己回顧這段往事時都覺得不可思議，或許是消逝的愛情給我的力量吧。愛情真的是種奇妙的東西，有時把人捧上喜悅的天頂，有時讓人摔落悲傷的谷底，有時又使人萌生無比的力量。

不久，亢奮之情消退，稍微冷靜下來的我躺在原地，思考接下來該怎麼做。我左思右想，突然想起某個人。這個人的名字讀者也已經知道了，就是我口中的業餘偵探——深山木幸吉。警察可以持續辦案，但我若不親自找出凶手，絕不肯善罷干休。雖然我不喜歡「偵探」這個字眼，但我甘願當「偵探」。在這方面，我這個奇妙的朋友深山木幸吉最能替我拿主意。我站了起來，匆匆趕往附近的國營電車站，目的地是位於鎌倉海岸附近的深山木家。

各位讀者，當時我還年輕，因為奪愛之仇而失去理智，完全沒想過前途會有多麼艱難、危險，也沒料到會有另一個活地獄等著我。如果我能預料到其中任何一件事——如果知道我的魯莽決心，將會連我百般敬重的朋友深山木幸吉的性命一併奪走——或許我就不會立下這種可怕的復仇誓言。然而，當時的我完全沒有這等顧慮。無論成敗與否，多了個目標讓我的心情舒坦了些，腳步也變得強而有力，馬不停蹄地走過初夏的郊外，邁向電車站。

奇妙的朋友

我生性內向，與光鮮亮麗的同輩青年談不來，卻有不少特立獨行的年長朋友。諸戶道雄即是其中一人，而接下來要替各位讀者介紹的深山木幸吉更是獨樹一格。或許是我多心，幾乎所有的年長朋友都對我的容貌擁有些許興趣，深山木幸吉也不例外。總之，我身上似乎具有某種吸引他們的力量——即使撇開負面的那一種不談——若非如此，這些各具長才的前輩豈會如此眷顧我這個毛頭小子？

深山木幸吉是公司裡的年長朋友介紹給我認識的，當時他已經年過四十，卻沒有妻兒。據我所知，他舉目無親，是個名副其實的單身貴族。雖然是個單身貴族，他卻不像諸戶那樣討厭女人，過去曾和形形色色的女人有過夫妻之實。光是計算我認識他之後的，就換過兩、三次女人了，但每次都不長久，每隔一陣子去拜訪他，就會發現那些女人在不知不覺間消失了。他常說「我是剎那式的一夫一妻主義者」，換句話說，他不但見一個愛一個，而且容易厭倦。每個人或多或少都有這種傾向，但像他一樣真的肆無忌憚地付諸實行的人應該少之又少。從這方面也可看出他的特質。

他博學多聞，無論問他什麼問題，他都能回答得出來。他看起來不像另有收入來源，但似乎有點積蓄，平時從不工作掙錢，喜歡在讀書的閒暇之餘揭發隱藏於世間角落的各種祕密，尤其熱愛犯罪案件。只要是有名的犯罪案件，他必定插手，有時候甚至還會提供專家有益的建議。

由於他不但是單身貴族，還有這種嗜好，因此他常常連著三、四天不在家，不知去向，要在他家找到他是件難事。當天，我也是邊走邊擔心又會撲空，但在快到他家之前，便已確定他在家。那熟悉的銅鑼嗓正和可愛的童音五音不全地合唱當時的流行歌。

走近一看，劣質的藍色木造洋房玄關敞開，石階上坐著四、五個活潑的小孩，深山木幸吉則盤坐在高了一截的門檻上，與大家一起搖頭晃腦，引吭高歌：

「我來自何方？

何時歸去？」

不知是不是膝下無子的緣故，他非常喜歡小孩，經常召集附近的孩子，化身為孩子王，陪他們玩耍。說來奇怪，孩子們與他們的父母正好相反，總是黏著這個被鄰居排擠的怪叔叔不放。

「哦，有客人。一位美麗的客人上門了，改天再陪你們玩喔。」

一看見我，深山木便敏銳地察覺我的神色有異，沒像平時那樣邀我同樂，而是讓孩子們回家，帶我前往他的起居室。

這棟洋房以前似乎是一座工坊，除了大廳以外，只有一個小玄關和廚房，而這個大廳便兼作他的書房、起居室、臥房和飯廳。大廳裡堆積著一疊又一疊的書山，猶如把整間舊書店都搬來似的，書本之間則是老舊的木床、餐桌，還有雜七雜八的餐具、罐頭和蕎麥麵店的外送盒。

「椅子壞了，只剩一張。哎，請坐。」

說著，他在床單有些骯髒的床鋪上盤腿而坐。

「有什麼事？你應該是無事不登三寶殿吧？」

他用手指把凌亂的長髮往後撥，露出了略微靦腆的表情。他和我見面時，總會露出這種表情。

「對，我想借助你的智慧。」

我看著對方那身沒領子也沒領帶、活像西洋乞丐的發皺西服，如此說道。

「跟戀愛有關吧？你那是戀愛中的眼神。再說，最近你完全沒跟我聯絡。」

「戀愛？嗯，是啊……她死了，被殺害的。」

我撒嬌般地說道，不知何故，淚水奪眶而出。我用手臂遮著眼睛，放聲大哭起來。深山木走下床站在我身邊，像哄小孩似地輕拍我的背部，說了些話安慰我。除了悲傷以外，我還有一股不可思議的甜蜜感覺，也知道自己這種態度會讓對方感到興奮。

深山木幸吉是個善於傾聽的人，我不必依序述說，只須逐一回答他的問題即可。結果，從我初次和木崎初代說話，直到她橫死為止的大小事，我全都毫不保留地告訴他。深山木說他想看初代夢見的海岸平面圖及她交給我的族譜，我正好都收在內袋裡，便拿出來給他看。他似乎觀看了許久，我為了隱藏淚水而轉向旁邊，完全沒注意到他當時的表情。

說完一切之後，我便沉默下來，深山木也異常安靜。我本來一直垂著頭，由於他實在沉默太久，便抬頭望向他。只見他的臉色發青，一直凝視著空氣。

「你應該明白我的心情吧？我是真心想替她報仇。若是無法親手揪出凶手，難消我心頭之恨。」

我帶著催促對方開口的意思如此說道，但他依然不發一語，表情絲毫未變。我覺得有點奇怪，平時像個東洋豪傑般不拘小節的他居然如此感慨，令我十分意外。

「倘若我料得沒錯，這個案子或許比你所想的——換句話說，比表面上看來的更加匪夷所思，也更加可怕。」

過了許久，深山木才一面思索，一面用嚴肅的口吻說出這句話。

「比殺人更加可怕？」

我完全不解其意，茫然地反問。

「我指的是殺人的種類。」

深山木依然是一面思索，一面陰鬱地說道：

「雖然手提袋不見了，但是你也知道這不是尋常小偷幹的事吧？不過，要說是情殺，又未免過度揣測。這個案子的背後隱藏著一個非常狡猾、老練且殘酷無情的傢伙，他的手段十分高明。」

說到這兒，他停頓下來。不知何故，他那略微發白的嘴唇居然亢奮得發抖。我是頭一次看見他這種表情，受他的恐懼感染，連我也萌生一股有人窺伺在後的感覺。不過，愚昧的我完全不明白此時他察覺到什麼我不知情的事，以及為何如此亢奮。

「一刀刺入心臟，要說這是小偷因為事跡敗露而失手殺人，手法未免太俐落。一刀刺死一個人，聽起來似乎很簡單，其實只有極為老練的人才辦得到。還有，從完全沒有出入痕跡也沒有留下指紋這一點，亦可看出手法有多麼高明。」他讚嘆般地說道：「不過，更可怕的是巧克力罐居然不見了。我完全想不出這種玩意兒消失的理由，只覺得事情非同小可，令人發毛。還有，初代小姐連續三晚看見的那個老態龍鍾的老人……」

他越說越含糊，最後沉默下來。

我們各自陷入沉思之中，目不轉睛地望著彼此。午後的陽光在窗外閃閃發亮，屋裡卻有股莫名的寒意。

「你也認為初代的母親是無辜的嗎？」

我詢問深山木的看法。

「那種猜測簡直不值一哂。就算產生意見上的衝突，有哪個老成穩重的老年人會殺害自己唯一的依靠？再說，從你的語氣，可以知道她母親不是幹得出這種喪心病狂之事的人。倘若初代的母親是凶手，甚至連手提袋也是她偷偷藏起來的，她又何必撒巧克力罐不見這種莫名其妙的謊話？」

說著，深山木站起來瞥了手錶一眼。

「現在還有時間，天黑之前應該趕得到。總之，先去初代小姐的家裡看看吧！」

他走進角落的布簾後方，發出窸窸窣窣的聲響一會兒後，換上一件像樣點的衣服走了出來。「走吧！」他率性地說道，抓起帽子和拐杖衝出家門，我也隨即跟上。除了深沉的悲傷、異樣的恐懼和報仇的念頭，我的腦子裡空空如也，甚至連深山木把那本族譜和我的素描收去哪裡都不知道。如今初代已死，那些東西對我毫無用處，我根本沒放在心上。

在火車與電車的兩個多小時車程中，我們幾乎不發一語。我雖然想跟深山木說話，但他一直在沉思，完全沒理我。不過，我還記得他說了一段奇妙的話語。這段話與日後發生的事有重大關係，因此我先在這裡複述一遍。

「巧妙的犯罪就像高明的魔術。魔術師能夠不打開蓋子，便從密閉的盒子裡拿出物品。

欸，你也知道吧？其實那是有機關的。在觀眾看來似乎難若登天，其實對魔術師而言易如反掌。這次的案子便是密閉的魔術盒，警察鐵定是遺漏了什麼重要的機關。說歸說，我還沒實際看過，也不知道那是什麼樣的機關。這類機關就算暴露在眼前，一旦思考方向固定，便完全無法察覺。魔術的機關大多都是直接暴露在觀眾眼前的。我猜，八成是有個看起來完全不像出入口的地方，不過換個想法一看，那就成了非常大的出入口。既沒有上鎖、不必拔釘，也無須破壞，隨時都是門戶大開，卻從來沒有人想過要關上它。哈哈哈哈哈！我的想法很滑稽、很荒謬，但不見得不正確。魔術的機關總是很荒謬的。」

為何偵探總愛故弄玄虛？總是如此幼稚又裝模作樣？至今我仍然常常思考這個問題，而且為之氣憤不已。若是深山木幸吉在他橫死之前把他所知的一切告訴我，事情就不會變得那麼棘手。然而，夏洛克・福爾摩斯如是，杜邦亦如是，這似乎是優秀偵探難以避免的習氣。深山木也一樣，一旦插手某件案子，在完全解決之前，除了這些故弄玄虛的言行舉止以外，絕不向旁人透露推理內容的片鱗半爪。

聽了深山木那番話，我猜他已經掌握事件的某些祕密，便央求他說清楚，但是偵探的強烈虛榮心讓他三緘其口，什麼也沒說。

七寶燒花瓶

木崎家已經撕下喪中的貼紙，看守的警官也不在，靜得宛若什麼事也沒發生過。後來我才知道，當天初代的母親撿骨歸來沒多久，就受到警方的傳喚，被警官帶走了。她的小叔召來自己家裡的女傭，死氣沉沉地看家。

我們打開格子門正要入內，裡頭卻走出一個意料之外的人物。我和那個男人滿心尷尬，無法移開交會的視線，默默地互瞪片刻。他就是雖然身為求婚者，但初代在世時從未拜訪過木崎家的諸戶道雄。不知何故，直到這一天，他才來表達哀悼之意。他穿著合身的晨禮服，好一陣子沒見臉色似乎變得憔悴了些。他一副不知該把眼睛往哪兒擺的模樣呆立半晌，好不容易才鼓起勇氣對我說：

「啊，蓑浦，好久不見。你是來弔唁的？」

我不知道該怎麼回答，只是用乾燥的嘴唇微微一笑。

「我有幾句話想跟你說。我在外頭等候，等你辦完事以後，能不能借一步說話？」

不知是真的有事，或只是為了掩飾尷尬之情，諸戶瞥了深山木一眼，如此說道。

「這位是諸戶道雄先生，這位是深山木先生。」

我不知道是哪根筋不對勁，居然手忙腳亂地替他們互相介紹。雙方都經由我的口中聽過對方的事蹟，似乎光聞名便領略了名字以外的許多事，互相打了個意味深長的招呼。

「不用管我，談你們的事吧！只要替我引見一下這家人就行了。反正我還會在這裡待上好一陣子，你去吧！」

深山木豪爽地說道，並催促我行動。我進入屋內，向看家的熟人說明我們的來意，並介紹深山木，之後才偕同在外等候的諸戶離去。我不能走遠，便和諸戶一起來到附近的寒酸咖啡廳。

站在諸戶的立場，他見了我，自然必須解釋他異樣的求親行為。而我雖然告訴自己不可能，心底深處卻還是對他抱持某種可怕的疑慮，儘管沒有試探他的明確念頭，卻又隱約覺得機會難得，不能錯過。再說，深山木勸我和諸戶同去，似乎也別有用意。如此這般，關係微妙的我們一同走進了咖啡廳。

如今我已經記不得當時我們談了什麼，只記得氣氛萬分尷尬。我想，我們應該沒說上幾句話吧。再說，深山木辦完事、找上咖啡廳的速度未免太快了。

有好長一段時間，我們都是對著飲料垂頭不語。我很想責備他，也很想打探他的真正意圖，卻什麼話都說不出來。諸戶同樣是扭扭捏捏的。彷彿誰先開口誰就輸了，那真是一場奇妙的諜對諜。不過，我還記得諸戶說了這些話：

「現在想想，我真的很對不起你。你一定很生氣吧？我不知該如何向你賠罪。」

他略微遲疑，反覆地叨念這幾句話。我還沒搞懂他是為了什麼而道歉，深山木便掀開布簾，大步走進來。

「沒打擾到你們吧？」

深山木大剌剌地說道，一屁股坐下來，並目不轉睛地打量諸戶。不知何故，諸戶一看見深山木到來，也不顧目的尚未達成，便突然開口道別，逃也似地離去。

「真是個奇怪的男人，毛毛躁躁的。你們談了些什麼？」

「沒說什麼，我也是一頭霧水。」

「這可就怪了。剛才我向木崎家的人打聽，他們說那個諸戶在初代小姐死後已經是第三次來訪。他不但問了些怪問題，還在家裡四處查看，不知在打什麼主意。話說回來，他看起來很聰明，而且是個美男子。」

深山木說道，意味深長地看著我。雖然是在這種關頭，我還是忍不住臉紅。

「你來得真快，發現了什麼嗎？」

我為了掩飾尷尬之情而問。

「很多事。」

他壓低聲音正色說道。離開鎌倉之後，他的亢奮之情有增無減。他似乎把許多我不知情的事藏在心底深處，獨自吟味。

「我很久沒碰過這種大案子，光靠我一個人，或許有點棘手。總之，從今天開始，我會把全部心思放在這件案子上。」

他一面用拐杖在潮溼的泥地板上塗鴉，一面自言自語般地繼續說道。

「我已經猜出大概，唯有一點難以判斷。雖然不是無法解釋，這個解釋也頗富真實性，但若真是如此，未免太可怕了，簡直是前所未見、慘無人道，光是想像就令人作嘔。根本是人類的公敵。」

他喃喃說著這番莫名其妙的話語，下意識地移動拐杖。仔細一看，他在地板上畫了個奇妙的圖形，看起來像是個大號的酒瓶，應該是花瓶吧？他在花瓶中央用非常潦草的字體寫上「七寶」二字。見狀，我在好奇心的驅使下，忍不住問道：

「這是七寶燒花瓶嗎？七寶燒花瓶和這件案子有什麼關係？」

他猛然抬起頭來，發現地上的圖形，連忙用拐杖抹去。

「別大聲嚷嚷。是啊，是七寶燒花瓶，你也滿敏銳的。沒錯，我就是搞不懂這一點。我現在正為了如何解釋這個七寶燒花瓶而苦惱。」

然而，無論我如何追問，他始終三緘其口，不肯透露更多。

不久，我們離開咖啡廳，返回巢鴨車站。我們回家的方向正好相反，便在月台上道別。當時深山木對我說：「等我一星期。我無論如何都需要這麼長的時間。一星期後，或許我能為你帶來什麼好消息。」

雖然我對他故弄玄虛的態度有些不滿，但也只能仰賴他鼎力相助。

古物店的客人

我怕家人擔心，所以雖然提不起勁，隔天還是去S・K商會上班。我已經拜託深山木代為調查，沒有我使得上力的地方，只能把希望寄託在深山木一星期的口頭約定上，過著空虛的日子。

下班後，平時與我並肩同行的人不見芳蹤，這股寂寞驅使我的雙腳不由自主地步向初代的墓地。每天，我都會準備一束送給情人的花，在她嶄新的墓碑前哭泣。而我的復仇意志似乎也跟著日益強烈，彷彿每一天都獲得一股不可思議的強大力量。

到了第三天，我再也按捺不住，搭著夜車前往鎌倉拜訪深山木家，但是他不在。我詢問鄰居，得到的答案是「他前天出門，還沒回來」。那天在巢鴨道別之後，他似乎直接前往他處。看樣子，在約定的一星期到來之前，再上門也只是白費功夫而已。

然而，到了第四天，我有一個新發現。雖然我完全不明白那意味著什麼，但總歸是個發現。遲了四天，我總算窺見深山木腦中的片鱗半爪。

那個神祕的字眼「七寶燒花瓶」從來不曾離開我的腦海。那一天，我在公司裡工作，手上打著算盤，滿腦子想的都是「七寶燒花瓶」。奇妙的是，在巢鴨的咖啡廳看見深山木的塗鴉時，我總覺得「七寶燒花瓶」這個名詞有點眼熟，似乎在某個地方看過，而且與死去的初代有關，所以才留下了印象。說來很玄，那一天，算盤上的某個數字讓它悄然浮上我的記憶表層。

「想起來了！我在初代家隔壁的古物店看過它。」

我在心中大叫。當時已經過了三點，我提早下班，匆忙趕往古物店。我冒冒失失地闖進店裡，攔住年邁的店主。

「我記得這裡本來擺了兩只很大的七寶燒花瓶，賣掉了嗎？」

我裝成路過的客人，如此詢問。

「是啊。有是有，可是已經賣掉了。」

「好可惜，我很想要呢。什麼時候賣掉的？兩只都是同一個人買走的嗎？」

「那兩只花瓶是成對的，不過買家不同。那是上等貨，放在這種破店裡簡直是暴殄天物，買家的價碼都開得挺高的。」

「是什麼時候賣掉的？」

「說來可惜，其中一只昨晚才剛賣掉，是一位外地來的客人買走的。另一只我記得是上個月的……對對對，二十五日，正好是隔壁出事的那一天賣掉的。」

如此這般，多話的老人開始拉拉雜雜地敘述隔壁出了什麼事。最後，就我打聽到的消息可知，第一個買家是個貌似商人的男人，在前一晚談妥買賣，付錢離去，隔天中午便派人來把用包袱巾包好的花瓶扛走。第二個買家是位身穿西服的年輕紳士，當場叫車載走了。雙方都是路過的客人，不知道是哪裡人。

不消說，第一個買家派人取走花瓶的日子和凶殺案曝光的日子正好一致，吸引了我的注意。不過，我完全不明白這意味著什麼。深山木鐵定也思考過這只花瓶之事。老人記得很清楚，有個貌似深山木的人在三天前也向他打聽過同一只花瓶。為何深山木如此重視花瓶？其中必有緣故。

「我記得那是鳳蝶圖案？」

「對對，沒錯。黃色的底，上頭有許多鳳蝶。」

我還記得那是一只約三尺高的大花瓶，有許多用銀色細線勾勒輪廓的黑蝶在微微泛黑的黃底上飛舞。

「是打哪兒來的？」

「哦，是朋友轉手給我的，說是某個企業家破產的賤賣品。」

那兩只花瓶在我剛開始出入初代家時便已經擺在店裡，長時間無人問津，卻在初代橫死後的幾天之內接連賣出，這可是巧合？又或是別有意義？第一個買家我一無所悉，對於第二個買家卻是心裡有數，因此我又問了這個問題：

「後來買走花瓶的買家是不是年約三十歲左右，膚色白皙，沒蓄鬍子，右臉頰上有顆顯眼的黑痣？」

「對對對，就是這副模樣，是位溫文儒雅的客人。」

果然如此，那鐵定是諸戶道雄。我又詢問：

「這個人曾經拜訪隔壁的木崎家兩、三次，您沒認出來嗎？」

此時老人的太太正好走出來，代為回答這個問題。

「這麼一提，就是他沒錯，老頭子。」

說來幸運，她也是個不遜於老店主的長舌婦。

「兩、三天前，你也有看到吧？有位穿著黑色長禮服、一表人才的先生到隔壁去。就是他買走花瓶的。」

雖然她搞混了晨禮服和長禮服，不過事實顯然已無庸置疑。為了慎重起見，我詢問他叫的是哪家車行的車，並前往探詢，得知昨晚車子是開到諸戶的住處所在的池袋。

這或許是種很荒謬的想像，不過，像諸戶這種變態，不能用常理衡量。他是個無法愛上異性的男人，甚至有為了同性戀情而試圖橫刀奪愛的嫌疑。思及他那突如其來的求婚攻勢有多麼猛烈、對我的求愛有多麼痴狂，誰敢保證求婚失敗的他不會為了從我身邊奪走初代而犯下天衣無縫的殺人罪呢？他是個異常理智的人，他的研究不正是拿著手術刀，殘酷地折磨那些小動物嗎？他不怕血腥，可以滿不在乎地拿生物的性命當作實驗材料。

我不禁想起他剛搬到池袋，我去拜訪他時所見的可怕光景。

他的新家地點荒僻，距離池袋車站足足有半里遠，是座陰森的木造洋房，有個獨立的實驗室，四周被鐵牆包圍。家裡只有單身的他、一個煮飯的老婆婆和一名十五、六歲的書生（註4）三個人，除了實驗動物的哀號聲以外沒有半點生氣，是個冷清寂寥的住處。他往返於實驗室與大學研究室之間，沉浸於異常的研究。研究題目似乎並非臨床性質，而是與某種外科醫學上的創新發現有關。

當時我是在夜裡登門拜訪，一靠近鐵門便聽見可憐的實驗動物——主要是狗——發出不堪入耳的哀號聲。各有特色的狗叫聲令人聯想到臨死前的狂亂掙扎，教我於心不忍。一想到實驗室中或許正在進行令人作嘔的活體解剖，我便渾身發毛。

走進大門，強烈的消毒水味撲鼻而來，我想起醫院的手術室，也聯想到監獄的刑場。動物面臨死亡時那種無能為力的恐怖叫聲令我恨不得摀住耳朵，當時，我甚至考慮取消拜訪，就此打道回府。

時間才剛入夜，主屋的窗戶就全都烏漆抹黑的，只有實驗室深處透出些微燈光。我宛若置身於恐怖的夢境中，來到玄關前按下門鈴。過了片刻，一旁實驗室入口的電燈亮了，屋主諸戶就站在那兒。他穿著溼答答的橡膠手術服，伸出被血染得通紅的雙手。我至今仍然能夠鮮明地憶起在電燈之下閃耀著詭異光芒的血紅色。

可怕的疑竇占據我的心房。然而，我無從查證這般猜疑，只能在逐漸低垂的夜幕之中踽踽踏上歸途。

註4／寄人籬下，一面幫忙打理家務一面求學的人。

限期明日正午

和深山木幸吉約好的一星期過去了，來到七月的第一個星期日。當天天氣晴朗，暑氣逼人。早上九點，正當我更衣準備前往鎌倉時，深山木打了封電報給我，說想和我見面。

火車上擠滿這個夏天的頭一批避暑旅客。雖然離海水浴的時期尚早，但一來天氣炎熱，二來這是本月第一個星期日，迫不及待的人們一窩蜂地湧向湘南海岸。

深山木家門前的馬路上，前往海邊的遊客絡繹不絕。冰淇淋等攤販在空地上豎起嶄新的旗幟，做起生意。

然而，有別於這些光鮮亮麗的景象，深山木卻是一臉陰沉，在堆積如山的書本中思索。

「你跑到哪兒去了？我來找過你一次。」

我走進屋裡，他連站也沒站起來，指著一旁的骯髒桌子。

「你看看這個。」

他說道。桌上擱著一張信紙和撕破的信封，信紙上以拙劣的鉛筆字跡寫著以下文字。

不能再留你活口了，明日正午就是你的死期。不過，只要你把那樣物品物歸原主，並發誓今後會嚴守祕密，我就饒你一命。記住，限期明日正午，若是你沒在正午前親自前往郵局以掛號包裹寄出，就來不及了。自己選擇吧！報警也沒用，我可不會蠢得留下證據。

「真是無聊的惡作劇。寄來的？」

我漫不經心地問道。

「不，昨晚從窗戶扔進來的，或許不是惡作劇。」

深山木一本正經地說道。他似乎真的感到害怕，臉色一片蒼白。

「可是，這看起來像是小孩的惡作劇啊！實在太可笑了。明日正午是你的死期？又不是在拍電影。」

「不，你不知道，我看見了可怕的景象。我的猜測準確無誤，並找到壞人的巢穴，卻也同時看見詭異的景象。我不該看的。我太懦弱了，立刻夾著尾巴逃之夭夭。你根本什麼也不知道。」

「誰說我什麼都不知道？七寶燒花瓶，雖然我不明白其中意義，可是，我知道諸戶道雄買走了那只花瓶。」

「諸戶？這可怪了。」

然而，深山木顯得興趣缺缺。

「七寶燒花瓶究竟有什麼意義？」

「雖然我尚未查證，但如果我猜得沒錯，其中的意義非常可怕。這是史無前例的犯罪。不過，可怕的不只花瓶，還有更加驚人的事，可說是惡魔的詛咒，邪惡得令人無法想像。」

「你知道殺害初代的凶手是誰了嗎？」

「我已經查出他們的巢穴，再等我一陣子。不過，或許我會先被做掉。」

深山木宛若中了他口中的「惡魔的詛咒」，變得相當怯懦。

「瞧你整個人都不對勁。話說回來，既然有這種危險，為何不報警？如果光靠你一人之力無法解決，可以向警方求助啊。」

「報警只是打草驚蛇而已。再說，雖然我知道凶手是誰，卻還沒掌握到足以舉發他的鐵證。現在警察攪和進來，反而礙事。」

「這封信上所說的物品是什麼，你知道嗎？到底是什麼東西？」

「我知道，就是知道才害怕。」

「不能照著對方的要求寄回去嗎？」

「我沒把它寄還給敵人。」他四下張望之後，將聲音壓得極低說道：「而是用掛號包裹寄給你。今天你回去以後，應該會收到一個怪東西，你要小心保管，別讓它有所損傷。放在我這裡太過危險，放在你身邊要來得安全一些。那個東西非常重要，絕不能出差錯。不過，別讓人看出它很重要。」

深山木始終不肯據實以告，神祕兮兮的態度讓我有種被輕視的感覺，很不是滋味。

「你不能把你知道的告訴我嗎？這個案子是我拜託你幫忙的，我才是當事人啊！」

「現在情況不同了。不過，我會說的，我當然會說。就今晚吧！我們邊吃晚飯邊說。」

他坐立不安地說道，看了手錶一眼。

「十一點了，要不要去海邊逛逛？在這裡發愁也不是辦法。很久沒玩水了，我們去泡泡海水吧。」

雖然我興趣缺缺，但他已逕自邁開腳步，無可奈何之下，我只好隨他前往附近的海岸。五顏六色的泳衣聚集在岸邊，令人眼花撩亂。

深山木突然脫得只剩下一條短褲，一面大呼小叫，一面衝向海邊、跳進海裡。我在一座小沙丘上坐下來，懷著奇妙的心情望著強顏歡笑的他。

我明明不想注意，手錶卻不時映入眼簾。儘管我覺得不可能發生這種荒謬的事，卻又忍不住為了威脅信中的可怕字句「限期明日正午」而憂心。時間毫不留情地流逝，十一點半、十一點四十分，越來越接近正午，而我的心情也越發忐忑不安。就在這時候，發生一件讓我更加不安的事。果然！果然如我所料，諸戶道雄遠遠地現身於海岸的人群中。他在此時此刻出現於這個海岸，可是單純的巧合？

我望向深山木，喜愛小孩的他不知何時已被身穿泳衣的孩子們包圍，嚷嚷著四處奔跑，似乎在玩捉迷藏。

天空一片蔚藍，海面如榻榻米般平靜。跳水台上傳來開心的吆喝聲，美麗的肉彈一個接一個在空中劃出弧線。沙灘閃閃發亮，海裡與陸地上嬉戲的群眾在晴朗的初夏太陽照耀之下，看起來活力四射、閃耀動人。在這裡，除了如鳥兒般歌唱、如人魚般嬉鬧、如小狗般玩耍的人們——換句話說，除了幸福以外別無他物。在這個開放的樂園裡，即使翻遍每一個角落也找不到黑暗世界的罪惡，更別說是血淋淋的凶殺案。

然而，各位讀者，惡魔絲毫沒有違背他的諾言。先前，他在密閉的屋內殺了人；這次，他在一望無際的遼闊海岸，當著幾百名群眾的面殺了人，沒被任何人看見，也沒留下任何線索。這個惡魔實在是神通廣大。

超常之理

我閱讀小說的時候，看見濫好人主角老是出錯，往往在一旁乾焦急，暗想若是我絕不會那麼做。閱讀我這份紀錄的人，看見我這個主角如墜五里霧中，嘴上說要效法偵探，卻沒有半點偵探的樣子，反而被深山木幸吉那種故弄玄虛的壞習慣耍得團團轉，鐵定亦是焦躁難耐吧。站在我的立場，像這樣照實寫出一切，等於是在大肆宣傳自己有多麼愚昧，老實說，我也是萬般不情願。只是當時我的的確確是個不知世事的毛頭小子，無可奈何。害得讀者乾焦急這一點，也只能請讀者看在這是個真實故事的分上，多多包涵。

好，接續前一章，我得敘述一下深山木幸吉不幸橫死的經過。

當時，深山木身上只穿著一條短褲，和身穿泳衣的孩子們一起在沙灘上奔跑。先前也提過，他喜歡小孩，常化身孩子王，與活潑調皮的孩子們嬉鬧玩耍。而當時的他如此放浪形骸，除了喜歡小孩這個理由之外，還有個更深的原因——他很害怕，害怕那封字跡拙劣的威脅信裡「限期明日正午」的字句。年屆不惑又聰明絕頂的他，居然把那種騙小孩的威脅信當真，實在有些滑稽。然而站在他的立場，想必他有充分的理由害怕。

他完全沒把自己所知的案情告訴我，因此我無法想像背地裡隱藏的事實究竟有多麼駭人，足以讓這麼一個磊落不羈的男人恐懼至此。不過，看到他打從心底害怕的模樣，即使身在明亮歡樂的海水浴場，被幾百名群眾包圍，我仍然忍不住發毛。我想起有人曾經說過：「真正聰明的凶手會選擇在大庭廣眾之下殺人，而非僻靜之處。」

我懷著保護深山木之心，下了沙丘走向他嬉戲的地方。他似乎玩膩了捉迷藏，這會兒在海邊挖了個大洞，三、四個十來歲的天真小孩將深山木埋在洞裡，正往他身上倒沙。

「來，多倒點，手腳也要埋起來。喂喂喂，臉不能蓋住，別往我臉上倒沙子。」

深山木化身為好叔叔，不斷地嚷嚷。

「叔叔，你這樣動來動去的，很奸詐耶！好，我要倒一堆沙子在你身上。」

孩子們用雙手掬起沙子，往深山木身上倒，但依然難以掩蓋深山木的壯碩身軀。

六尺外，兩個貌似已婚的和服婦人鋪著報紙，手撐陽傘，一面看著在海裡戲水的孩子一面休息。她們不時望向深山木等人，哈哈大笑。這兩個婦人距離被埋起來的深山木最近，而反方向相隔較遠之處，則有個身穿花俏泳衣的美麗女孩盤腿而坐，和躺在沙灘上的青年們談天說笑。除此之外，我沒看見任何停留在同一處的人。

雖然不斷有人經過深山木身邊，但頂多是稍微停步談笑幾句，沒有人接近。見狀，我懷疑這種地方真的能夠下手殺人嗎？深山木果然是杞人憂天吧。

「蓑浦，幾點了？」
我走上前去，深山木似乎仍掛意著這件事，開口詢問。
「十一點五十二分，還有八分鐘。哈哈哈哈……」
「只要維持這種狀態就安全了。有你和附近許多人看著，身邊又有四個娃娃兵護衛，還有沙堡保護，就算是再厲害的惡魔也無法靠近，呵呵呵呵呵！」
他的心情似乎好轉了些。
我放心不下剛才瞥見的諸戶，便在附近來回走動，搜索廣闊的沙灘。但他不知跑去哪裡，已然不見人影。之後，我站在離深山木十餘尺處，心不在焉地觀賞跳水台上青年們的美技，片刻過後，又轉回深山木的方向，只見在孩子的努力下，他已經被完全埋住，只剩下腦袋從沙子裡露出來。那副睜大眼睛凝視天空的模樣，讓我想起曾經耳聞的印度苦行者。
「叔叔，你起來啊！很重嗎？」
「叔叔，你的表情好滑稽喔！是不是起不來啊？要我救你嗎？」
孩子們頻頻調侃深山木。然而，任憑他們東喚一句叔叔、西喚一句叔叔，他依然瞪著天空，來個相應不理。我看了手錶一眼，時間已是十二點零二分。
「深山木大哥，十二點過了，惡魔終究沒出現。深山木大哥，深山……」
我猛地回神過來。仔細一看，深山木的樣子不太對勁。他的臉色越來越蒼白，睜大的雙眼已經許久沒眨動。還有，他胸口邊的沙子上浮現濁黑的斑紋，而這種斑紋似乎正逐漸擴大。孩子們也察覺事有蹊蹺，帶著奇妙的神色沉默下來。

我猛然撲向深山木，用雙手搖動他的腦袋，他的腦袋活像人偶一樣晃啊晃的。我連忙撥開胸口邊的斑紋，厚厚的沙子底下出現小型短刀的木頭刀柄，那一帶的沙子因為鮮血而變得黏答答。我繼續往下撥，發現短刀深深插入深山木的心臟部位。

接下來的騷動不言而喻，我就不贅述。案發現場是星期日的海水浴場，深山木的橫死自然是大受矚目。我當著幾百個年輕男女的好奇目光，在蓋著草蓆的屍體旁與警官問答。待檢察官一行人到來，完成現場鑑識以後，又陪同他們一起將屍體送回深山木家中，當真是羞死人了。不過，即使處於這樣的窘況，我還是在黑壓壓的群眾中發現諸戶道雄略微發青的臉龐。這件事給我留下很深的印象。他站在人山人海的圍觀群眾後方，目不轉睛地凝視深山木的屍體。屍體運走時，我的身後仍然不斷傳來他的妖異氣息。案發當時，諸戶顯然不在現場附近，沒有任何理由懷疑他。不過，他這種異樣的舉止究竟意味著什麼？

還有另一件非提不可的事。說來也不意外，把深山木送回他家時，我們發現他原本就雜亂無章的起居室，活像遭暴風雨侵襲過一般，變得凌亂不堪。不消說，鐵定是凶手為了尋找那樣「物品」而闖空門。

當然，我也接受了檢察官的詳細訊問。當時，我坦白說出所有內情，但或許是有某種預感（這句話的意思日後讀者應該也會明白），我沒把深山木將威脅信上的「物品」寄給我之事說出來。檢察官問我那樣「物品」是什麼，我只推說不知。

訊問結束後，我在鄰居的協助下聯絡死者的好友準備葬禮，花了不少功夫。待我把剩餘的事託付給隔壁的太太，好不容易搭上火車時，已經是晚上八點左右。想當然耳，諸戶是幾時回去的、在這段期間內做了什麼，我絲毫不知情。

警方調查過後，依然未能查出凶手是誰。與死者玩耍的孩子們（其中三人是住在海岸附近的中產階級人家的小孩，一人是跟著姊姊從東京前來戲水的小孩）指稱沒人靠近過埋在沙子裡的深山木。雖然他們只是十來歲的小孩，但應該不至於眼見有人遇刺卻渾然不覺。此外，坐在六尺外的兩位太太也一樣。倘若有人靠近深山木，從她們的位置一定看得見，但她們都斬釘截鐵地表示沒看到任何可疑人物。待在附近的其他人亦無看見疑似凶手的人。

我也不例外，並未看見任何可疑人物。雖然我站在十餘尺外，視線又有片刻被跳水的年輕人吸引，但若是有人靠近深山木，眼角餘光斷不可能沒看見。這真是一起如夢似幻、不可思議的凶殺案。在眾人環視著被害者的狀態之下，居然沒人目睹凶手的身影。將短刀深深刺入深山木胸口的，莫非是人類看不見的妖怪？我突然靈光一閃，會不會是某人從遠方投擲短刀？可是，對照案發時的所有情況，這種想像顯然無法成立。

值得注意的是，檢查深山木胸口上的傷痕後，得知刺殺手法與初代的凶殺案極為相似。

非但如此，就連做為凶器的素面木柄短刀也是同一款便宜貨。換句話說，殺害深山木的凶手和殺害初代的凶手八成是同一人。

話說回來，這個凶手究竟會什麼魔法？一次是如風般入侵完全沒有出入口的密閉屋子，另一次是在大庭廣眾之下，避過數百人的耳目，猶如過路魔逃逸無蹤。我一向厭惡怪力亂神之說，可是目睹這兩樁超乎常理的事件，不由得感受到一股怪談般的恐懼。

塌鼻子的乃木大將（註5）

我的復仇和調查工作失去寶貴的指導者。說來遺憾，由於深山木生前完全沒把他打探到的消息與推理內容告訴我，在他死後，我便走入死胡同。其實他說過兩、三句暗示性的話語，但駑鈍如我無法領略。

另一方面，我的復仇志業也變得更為重大。現在的我除了替情人報仇以外，還必須替我的朋友，同時也是前輩的深山木雪恨。直接殺了深山木的固然是那個無影無蹤的詭異凶手，但是將他送入險境的卻是我。倘若我沒有委託他調查這次的案子，他就不會命喪黃泉。光是基於對深山木的愧疚，我就得竭盡全力找出凶手。

深山木遇害之前，曾說過他把令他喪命的原因——威脅信上所說的「物品」用掛號包裹

註5／乃木希典（1849年12月25日–1912年9月13日），日本陸軍大將，多次參與日本內部及對外戰爭，在二戰前與東鄉平八郎一起被多數日本人奉為「軍神」。

寄給我。當天回家一看，果然有個包裹寄來，但意外的是，密不透風的包裹裡裝的竟是一座石膏像。

那是一般雕像店裡常見的乃木大將半身像，石膏經過上色，看起來宛若青銅材質。這座雕像似乎有點年代，多處顏料剝落，露出白色的質地，鼻子更是塌了一大塊，顯得十分滑稽，對於這位武神而言頗為失敬。這是個塌鼻子的乃木大將。我想起羅丹似乎有個名稱相似的作品，不禁五味雜陳。

當然，我完全想像不出這樣「物品」有何意義，竟能讓凶手不惜為它殺人。深山木要我「小心保管，別讓它有所損傷」，又要我「別讓人看出它很重要」。任憑我想破腦袋，都想不出這個半身像意義何在，因此我便遵從死者的指示，故意把它收在壁櫥裡某個專放雜物的竹箱中，以免被人發現。警方對這樣物品一無所知，用不著急著送去。

接下來的一個星期，我只能在心中乾焦急，除了參加深山木葬禮的那一天以外，其餘的日子都是不情不願地上班，一事無成。每天下班之後，我都會去初代的墳前弔祭，向逝去的情人報告接連發生的凶殺奇案始末。弔祭完後，反正回家也睡不著覺，我便在街上遊蕩，消磨時間。

這段期間內並未發生任何變故，只有兩件極為無聊但必須告訴讀者的事。第一件事是有人趁著我不在家時闖入我的房間，翻動抽屜和書櫃裡的物品，共有兩次。我並不是個一絲不苟的人，無法明確說出哪裡不同，只覺得房裡的物品位置——比如書櫃的書本排列順序——似乎和我離開房間時的印象有所不同。我詢問家人，每個人都說沒動過我的私人物品。不過，我的房間位於二樓，窗外和別人家的屋簷相連，若說有人沿著屋簷偷偷闖入，倒也不無可能。我告訴自己是我太過神經質，卻又感到不安，便檢查了壁櫥裡的竹箱，那個塌鼻子的乃木將軍依然放在原來的位置。

另一件事則是發生在某天我弔祭完初代、漫步於郊外的街道時。那是一條距離國營電車鶯谷站很近的街道，有個馬戲團在空地上搭棚子。我很喜歡它復古的樂隊和怪異的圖畫看板，曾經駐足觀看。那天傍晚，我漫不經心地走過馬戲團前，意外看見諸戶道雄快步從偏門走出來。對方似乎沒發現我，但那西裝筆挺的身影顯然是我那奇特的朋友諸戶道雄。

雖然毫無證據，但因為這件事，我對諸戶道雄的懷疑變得更深。他為何在初代死後三番兩次造訪木崎家？為何買下那只七寶燒花瓶？不僅如此，他也出現在深山木的凶案現場，若說是巧合，未免太牽強了吧？當時他的怪異舉止又做何解釋？還有，不知是不是我太多疑，他跑來和他家方向正好相反的鶯谷看馬戲團，也有點違背常情。

不光是這些外在因素，在心理上我也有足以懷疑諸戶的理由。說來難以啟齒，他對我懷有常人難以想像的強烈愛意。若說這是他假意向木崎初代求婚的理由，我也不意外。對於求婚失敗的他而言，初代正是情敵，難保他不會因為一時激憤而暗中下手殺害初代。倘若他真是殺害初代的凶手，對他而言，調查這樁凶殺案且迅速查明凶手的深山木幸吉，必然是個不容多活一日的大敵。於是，諸戶為了掩蓋第一樁殺人案，只好接連犯下第二樁殺人案。

失去深山木的我除了懷疑諸戶以外，沒有任何調查方針。經過深思熟慮之後，我決定接近諸戶，釐清疑慮。因此，在深山木橫死一星期後，我於下班之後前往池袋，拜訪諸戶。

怪老人再現

我接連兩晚造訪諸戶家。第一晚他不在家，我只好摸摸鼻子打道回府；第二晚，我得到意外的收穫。

時值七月中旬，夜晚格外悶熱。當時的池袋不像現在這麼熱鬧，來到師範學院後方，民宅變得稀稀疏疏，四周烏漆抹黑的，走在狹窄的田間小路上分外辛苦。一邊是高聳的籬笆，另一邊是荒涼的空地，我只能藉著遠處的點點燈火，定睛凝視隱約浮現於黑暗之中的道路，忐忑不安地行走。太陽才剛下山，路上就已幾乎沒有行人。雖然偶爾有人擦肩而過，感覺卻反倒像是碰上妖怪，令人發毛。

如前所述，諸戶家地點荒僻，距離車站足足有半里遠。就在我走了一半路程的時候，發現前頭有個奇形怪狀的物體在走動。

那是一個人，身高只有常人的一半，身體卻比常人更寬，全身不住地左右晃動，走起路來步履蹣跚。而他那位置異常低矮的腦袋，也跟著或左或右地忽隱忽現，看起來宛若一隻搖頭擺腦的紙老虎。

我這麼形容，對方聽起來活像是個侏儒，但他並非侏儒，而是因為上半身在腰部呈四十五度彎曲，所以從背後看來才會如此矮小。換句話說，那是個彎腰駝背的老人。

想當然耳，看見這個異樣的老人，我頓時想起從前初代提過的可怕老爺爺。時機如此巧合，地點又是在我滿心懷疑的諸戶家附近，令我忍不住倒抽一口氣。

我小心翼翼地尾隨在後，避免被對方發現。怪老人果然是朝著諸戶家的方向行走。彎進岔路之後，路變得更為狹窄。

這條岔路的盡頭便是諸戶家，我的懷疑顯然已無庸置疑。前頭隱約可見諸戶家的洋房，今晚不知何故每扇窗子都是燈火通明。

老人在鐵門前停駐一會兒，看來若有所思。不久後，他推開鐵門走進裡頭，我也連忙跟著踏入門內。玄關和鐵門之間是一片茂密的灌木叢，也不知老人是不是躲進裡頭，我把他給跟丟了。我窺探片刻，老人始終沒有現身。在我跑向鐵門的期間，他已經走進玄關了嗎？或是仍在灌木叢間徘徊？我完全沒個頭緒。

我一面小心別讓對方看見，一面在寬敞的前院四處搜索，但是老人活像憑空消失似的，任何角落都不見蹤影。他已經進入屋內了嗎？我橫下心，按響玄關的門鈴，決心直接與諸戶見面向他套話。

沒多久，門開了，相識的年輕書生探出頭來。我表達拜會諸戶之意，他入內片刻隨即又返回，帶我前往緊鄰玄關的會客室。房裡無論是壁紙或家具都十分搭調，展現主人的高雅品味。我坐在柔軟的大椅子上，只見諸戶不知是不是喝醉了酒，滿臉通紅地闖進來。

「嗨，真高興你來了。前陣子在巢鴨真是失禮，當時不方便說話。」

諸戶用悅耳的男中音快活地說道。

「後來我又見過你一次，就在鎌倉的海岸。」

下定決心之後，我說話變得直接許多。

「咦？鎌倉？喔，原來那時候你有發現我啊。當時兵荒馬亂的，所以我沒跟你打招呼。遇害的那個人叫深山木吧？你和他很熟嗎？」

「對。不瞞你說，我請他幫忙調查木崎初代凶殺案的案情。他是個和福爾摩斯一樣優秀的業餘偵探，誰知他好不容易快查明凶手了，居然發生那種不幸。我真的很失望。」

「我也猜到是這麼一回事，真是天妒英才啊。先別說這些，你用過飯了嗎？我們剛開飯，有位稀客上門，你要不要一起用餐？」

諸戶說道，像是在閃躲話題。

「不，我已經吃過了。我可以等，不用招呼我。對了，你說的客人，可是一位彎腰駝背的老爺爺？」

「咦？老爺爺？差得可遠了，是小孩喔。反正是個完全不必客套的客人，你要不要一起去飯廳？」

「是嗎？可是，我來的時候看見一個老爺爺走進門內。」

「哦？這可怪了。我不認識什麼彎腰駝背的老爺爺，真的有這樣的人走進來嗎？」

意外的業餘偵探

不知何故，諸戶露出非常擔憂的神色。他又繼續勸我去飯廳，但我堅定地婉拒，最後他死了心，叫來剛才的書生吩咐：

「你和婆婆去招呼飯廳裡的客人吃飯，好好照顧他，別讓他覺得無聊。要是他想回家可就麻煩了。家裡不知道有什麼玩具……啊，還有，替這位客人上茶。」

書生離去後，他擠出笑臉轉向我。在他吩咐書生時，我察覺到放在房間角落的七寶燒花瓶。見他居然膽敢把東西大剌剌地擱在這種地方，我不禁有些傻眼。

「好漂亮的花瓶，我好像在哪兒看過。」

我一面留意諸戶的神色，一面詢問。

「哦，那只花瓶啊？說不定你真的看過，因為我是在初代小姐家隔壁的古物店買的。」

說來驚人，他答得一派平靜。見狀，我自覺不是他的對手，心中萌生幾分怯意。

「我很想念你，好久沒和你聊聊體己話了。」

諸戶藉著酒意，有些撒嬌地說道。他那泛紅的臉頰閃耀著美麗的光彩，長長睫毛覆蓋的眼睛顯得妖豔嫵媚。

「前陣子在巢鴨我羞於啟齒，其實我該跟你好好道歉的。我做了很對不起你的事，說不定你再也不肯原諒我。不過，那全是出於我的一片痴心。我不希望別人搶走你。唉！我說出這種自私的話，你一定又會像平時那樣生氣吧？可是，你也知道我對你是認真的，實在克制不住自己……你一定很生氣吧？是不是？」

「你是在說初代的事嗎？」

我冷冷地反問。

「沒錯，我很嫉妒你們。從前，即使你無法理解我的心意，至少你的心不是屬於別人的。可是，初代小姐一出現在你面前，你的態度就有了一百八十度轉變。你還記得嗎？上上個月，我們一起去帝國劇場看戲的那一晚。我實在無法忍受你那種不斷追逐幻影似的眼神。非但如此，你居然忍心眉飛色舞地向我提起初代小姐，你可知道當時我有何感受？教我情何以堪啊！平時我也常說，我沒有權利為了這種事情責備你，可是見到你那副模樣，我只覺得人生再無希望，真的很傷心。你的戀情固然令我傷心，但我更恨自己這種異於常人的感情。後來，我寫了好幾封信給你，可是你完全沒有回信。從前，無論內文再怎麼冷淡，你至少會回信給我啊。」

喝醉的諸戶一反常態地滔滔不絕，叨叨絮絮的模樣甚至有些娘娘腔，若是我繼續保持沉默，只怕會沒完沒了。

「所以你才假意求婚？」

我憤慨地打斷喋喋不休的他。

「你果然在生氣。這也難怪，我願意做任何事情補償你。你可以踐踏我的臉，就算做得更狠也不要緊，因為一切都是我的錯。」

諸戶一臉悲傷地說道。然而，我的態度豈會因此緩和下來？

「你只顧著你自己，實在太自私了。初代是我今生獨一無二的伴侶，對我而言是無法取代的。你居然，居然……」

說著，我又悲從中來，不禁淚水盈眶，片刻不能言語。諸戶凝視著我淚汪汪的雙眼，突然用雙手握住我的手。

「原諒我，原諒我。」

他不住大叫。

「這是可以原諒的事嗎？」我撥開他滾燙的手。「初代死了，再也無法挽回，我被推下黑暗的谷底。」

「你的心情我再明白不過。可是和我相比，你已經很幸福了。因為任憑我再怎麼熱烈地求婚、任憑養母如何好言相勸，初代小姐的心始終沒有絲毫動搖。初代小姐不畏任何障礙，一心一意愛著你。你的愛已經得到充分的回報。」

「這是什麼話！」我聲淚俱下地說：「正因為初代是如此深愛著我，失去她的悲傷也跟著強烈好幾倍，你卻說出這種話！你求婚失敗居然還不死心，竟把她……竟把她……」

接下來的話語，我實在說不出口。

「咦？什麼？啊，果然如此，你懷疑我，對吧？你懷疑我做出喪心病狂之事。」

我突然嚎啕大哭，在淚水底下斷斷續續地叫道：

「我恨不得殺了你，立刻殺了你！老實說！你老實跟我說！」

「我真的很對不起你。」諸戶再次牽起我的手，靜靜撫摸。「我沒想到失去情人會如此悲傷。不過，蓑浦，我絕對沒有說謊，這是天大的誤會。我不是那種狠得下心殺人的人。」

「那我問你，為何那個陰森森的老爺爺會出入你家？初代看過那個老爺爺，那個老爺爺出現不久後，初代就遇害了。還有，深山木大哥被殺的那天，你為何出現在那裡？為何做出引人懷疑的舉止？又為何出入鶯谷的馬戲團？我從未聽說過你對馬戲團有興趣。另外，你是為什麼買下七寶燒花瓶？我知道這只花瓶和初代的案子有關。還有，還有，還有……」

我像發狂似地說出一切，話一說完便臉色發青，激動得宛如罹患瘧疾，不斷發抖。

諸戶突然繞到我身邊，與我同坐一張椅子，並用雙手緊緊抱住我的胸膛，溫柔地對我附耳輕喃：

「原來有這麼多跡象，難怪你會懷疑我。不過，這些不可思議的巧合全都是出於其他理由。啊，我該早點向你坦白、跟你合作的。蓑浦，其實我和你與深山木先生一樣，獨自在調查這件案子。你知道我為何這麼做嗎？是為了向你賠罪。當然，我和凶殺案毫無關聯，但我向初代小姐求婚，造成了你的痛苦。非但如此，初代小姐居然死了，這樣你實在太可憐。所以我心想，至少我該找出凶手，撫慰你的心靈。不只如此，初代小姐的母親蒙受不白之冤，被帶往檢察署訊問。而她被人懷疑的理由之一，正是她曾為了婚事和女兒吵架。換句話說，是我間接害她變成嫌疑人。所以就這一點而言，我也有責任找出凶手，洗刷她的嫌疑。不過，現在沒有這個必要了。你也知道吧？初代小姐的母親由於證據不足已被釋放。昨天她來這兒跟我說的。」

然而，多疑的我並未輕信他這番煞有介事的款語溫言。說來慚愧，我在諸戶的懷中表現得像個鬧脾氣的小孩。事後回想起來，其中一個理由，是為了掩飾在人前嚎啕大哭的羞恥之情；而另一個理由或許是——雖然我沒有意識到，但對於深愛著我的諸戶，我懷有些許撒嬌的心態。

「我不相信你會做這種偵探般的事。」

「這可真奇怪，你覺得我當不了偵探嗎？」見我稍微冷靜下來，諸戶似乎放心了些。「說不定我是個名偵探呢。再說，我還學過法醫學。啊，對了，如果我說出這件事，你應該就會相信我吧。剛才你說這只花瓶和凶殺案有關，你說得一點也沒錯。是你自己察覺的？還是深山木先生告訴你的？不過，你似乎不知道有什麼關聯。其實關鍵的花瓶不是這一只，而是成對的另外一只。就是初代小姐遇害那一天，被人從古物店買走的那只花瓶。你懂了嗎？我買這只花瓶，正好可以證明我不是凶手，而是偵探。因為我買下這只花瓶，便是為了釐清它的作用。」

我心中萌生些許傾聽諸戶說法的念頭。因為他的說詞頗為真切，不似虛言。

「如果你說的是真的，我願意道歉。」我忍著尷尬之情說道：「不過，你真的做了這些偵探般的事？並且查出什麼眉目？」

「對，我查出了一些眉目。」諸戶有些自豪地說道：「倘若我猜得沒錯，我已經知道凶手是誰，隨時可以交給警方。不過，很遺憾的是，我不知道他為何犯下那兩樁凶殺案。」

「咦？兩樁凶殺案？」我將尷尬之情拋諸腦後，驚訝地反問：「這麼說來，殺害深山木大哥的果然也是同一名兇手？」

「應該是。如果案情真如我所推測，這當真是一件前所未聞的怪事，簡直不像這世上會發生的事。」

「那你告訴我，凶手是怎麼偷偷潛入沒有出入口的密閉屋子？又是怎麼在大庭廣眾之下殺人卻不被任何人看見？」

「嗯，真的很可怕。照理說根本不可能達成的犯罪居然如此輕易達成，正是這樁案子最令人顫慄的一點。乍看之下分明不可能，究竟是如何辦到的？研究這件案子的人首先應該著眼於這一點，這就是一切的出發點。」

我等不及他說明，性急地詢問下一個問題。

「凶手究竟是誰？是我們認識的人嗎？」

「你應該認識，不過，你八成想像不到。」

啊，諸戶道雄到底會說出什麼？我似乎隱隱約約地明白了。那個怪老人究竟是誰？為何造訪諸戶家？現在藏身何處？諸戶出現在馬戲團的偏門口所謂何故？七寶燒花瓶和這件案子有何關聯？如今，我對諸戶的疑慮已經完全消除。然而，越是信任他，便有越多形形色色的疑惑猶如風起雲湧般，浮現於我的腦海之中。

盲點的作用

局面倏地有了一百八十度轉變。

如前所述，基於各種理由，我深信諸戶道雄必然和這起凶殺案有關，並親自上門興師問罪。詳談之下，才知道他根本不是凶手，而是和身故的深山木幸吉一樣，是個業餘偵探。

非但如此，諸戶聲稱他已知道凶手是誰，正要揭曉答案。深山木生前那雙敏銳的偵探眼已經令我嘖嘖稱奇，如今又在這裡發現更勝深山木的名偵探，自然更是驚嘆不已。在長年的往來之中，我只知道諸戶是個性倒錯者、是個恐怖的解剖學家、是個性情古怪的人物，萬萬沒料到他居然擁有如此卓越的偵探能力。局面意外轉變，令我不禁目瞪口呆。

對於當時的我而言，諸戶道雄是個徹頭徹尾的神祕人物。想必各位讀者也有同感。他有些異於常人之處。他從事的研究極為怪異（詳情之後另有機會說明），又是性倒錯者，這或許是令他顯得神祕莫測的原因之一，但絕不只如此。表面上像個好人，骨子裡卻隱藏著深不可測的邪惡——他身上宛若熱氣蒸騰一般，散發著這種可怕的妖氣。而他突然以業餘偵探之姿出現於我面前，也是令我無法完全信任他的因素之一。

然而，如同下文所述，他這個偵探的推理能力實在十分高超，而從他的神色、言談之間，也可看出他心地良善。因此，我心中雖然仍留有一絲疑惑，卻也逐漸相信他的話，願意聽從他的意見。

「是我認識的人？這可怪了，我怎麼也想不出來。告訴我是誰。」

我再度詢問。

「我突然說出是誰，你一時之間應該難以信服。所以，雖然有些麻煩，還是請你先聽聽我的分析。換個說法，就是我的偵探甘苦談。話雖如此，那倒也不是冒險犯難、四處奔波之類的甘苦談就是了。」

諸戶完全放下心來，如此回答。

「好，我聽。」

「這兩件凶殺案乍看之下是不可能達成的。一件是在密閉的屋內進行，凶手無法進出；另一件是在光天化日、大庭廣眾之下進行，卻沒人目擊到凶手，這也是近乎不可能之事。不可能之事如何能夠為之？研究這兩樁案情的首要之務，就是探討『不可能』之處。窺探不可能的背後，便可發現隱藏其中的機關其實不值一哂。」

諸戶也用了「機關」這個字眼。我想起深山木也曾使用同樣的比喻，對於諸戶的判斷更加信賴。

「說來實在非常荒謬（深山木也說過同樣的話），荒謬到令我不敢置信的地步。倘若凶殺案只有一樁，我肯定不相信。不過，之後發生深山木先生的案子，讓我確定自己的猜測果然無誤。我用荒謬來形容，是因為欺騙手法活像在騙小孩，不過這種手法非常優異也非常大膽，因此凶手反而安全。該怎麼說呢？這件案子裡隱藏著人世間難以想像的醜陋、殘忍的獸性。乍看之下十分荒謬，絕非人類的智慧所能構想，而是惡魔智慧的產物。」

諸戶有些亢奮，說得咬牙切齒，隨即又沉默下來，凝視著我的雙眼。當時，我發現他眼中已不見平時的愛憐之色，而是蕩漾著深深的恐懼。受到他的影響，我的眼神鐵定也變得如出一轍。

「我是這麼想的。就初代小姐的情況，大家都認定凶手絕對無法出入屋子。所有門窗都從內側上鎖，剩下的可能性，只有凶手仍然留在屋內，或是家中有共犯。也正因為如此，初代小姐的母親才被視為嫌疑人。但是就我打聽到的消息判斷，她母親絕不可能是凶手。無論發生什麼事，天底下有哪個父母會殺害自己的獨生女？因此，我判斷這件乍看之下『不可能』的案子背後，一定隱藏著什麼不為人知的機關。」

聽諸戶說得口沫橫飛，我突然萌生一種古怪又突兀的感覺。我滿腹狐疑，諸戶道雄為何在初代的案子上投注如此龐大的心力？是憐憫失去情人的我嗎？或是他天性喜愛扮偵探？我總覺得不太對勁。他會因為這麼點理由就如此投入嗎？莫非其實另有原因？當時的我只是有股隱隱約約的感覺，直到事後才深入地想到這一節。

「打個比方，有時候解代數問題，怎麼解也解不開，花一整晚只是徒增寫壞的紙張，心裡便認定這個問題根本無解。然而，有時候靈光一閃，從截然不同的角度思考，問題反而迎刃而解。之所以解不開，是因為中了咒語，被思考的盲點迷惑。初代小姐的案子也一樣，必須完全改變觀點才行。以這件案子而言，所謂的完全沒有出入口，是指沒有從屋外進入屋內的出入口。門窗全都上鎖，庭院裡沒有腳印，天花板也一樣，而緣廊底下又搭了網子，無法從外面鑽進去。換句話說，沒有任何能夠從外頭入侵的地方。這個『從外頭』的觀點就是罪魁禍首，我們不該懷有凶手是從外頭進來、又逃向外頭的成見。」

身為學者的諸戶使用一種故弄玄虛又客觀嚴謹的方式說明。我對他的說法似懂非懂，聽得一愣一愣，卻又興味盎然。

「倘若不是從外頭入侵，究竟是從哪裡呢？屋裡只有被害者和她的母親，既然凶手不是從外頭進來的，那就是母親下的手囉？一旦如此倒推，便又落到盲點裡。其實道理很簡單，說穿了，問題出在日式建築。你還記得嗎？初代小姐家和隔壁人家是相連成棟的，只有這兩間屋子同樣是平房，一眼就認得出來……」

諸戶看著我，露出奇妙的笑容。

「這麼說來，凶手是從隔壁入侵，又從隔壁逃走囉？」

我驚訝地詢問。

「這是唯一的可能。以日式建築而言，相連的屋子，天花板上和緣廊底下通常是相通的。我常在想，平時大家老是把『鎖好門窗』掛在嘴邊，可是住在長屋裡，鎖好自家門窗又有什麼用？實在太可笑了。只顧著鎖好前後的門窗，天花板上和緣廊底下卻放任不管，日本人也真夠糊塗。」

「可是……」

我無法抑制不斷湧上的疑問說道：

「你也知道隔壁住的是對一善良的老夫婦，他們開了間古物店吧？那天早上，發現初代小姐的屍體之後，他們才被附近鄰居叫醒，在那之前，他們家的門窗也是鎖得密不透風。老人家開門的時候，已經有許多人跑來看熱鬧，古物店還成了休息站，凶手根本沒機會逃走啊！總不會老人家是共犯，幫忙藏匿凶手吧？」

「你說得沒錯，我也有同感。」

「還有另一個鐵證。如果凶手曾經通過天花板上方，應該會在灰塵上留下腳印，可是警方調查時並未發現任何痕跡。緣廊底下也一樣，全都搭了鐵絲網，無法通過。凶手總不可能是掀起榻榻米、打破地板離開的。」

「你說得沒錯。不過，其實有條更好的通道。由於平凡無奇，因此反而無人注意。那是活像在邀請竊賊入內的寬敞通道。」

「天花板和緣廊底下以外的通道？該不會是牆壁？」

「不，別往這個方向想。那是個不用打破牆壁、不用掀起地板、不用動任何手腳，便可光明正大地出入且不留任何痕跡的地方。愛倫坡有本小說名叫《失竊的信》，不知你有沒有看過？某個聰明的男人要藏一封信，他認為最好的藏法就是不要藏，隨手把信扔進牆上的信件架，而警察翻遍了整間屋子都沒發現。簡單地說，像這種眾所皆知、尋常無奇的地方，在犯罪等嚴肅場面裡反而容易遭人忽略。套用我的說法，即是一種盲點。以初代小姐的案子來說，一旦點破，便覺得如此簡單的道理怎麼會沒人發現，實在荒謬至極。不過，如同我剛才所言，這都是『竊賊是從外而來』的成見惹的禍。只要往『從內而來』的方向思考，便會茅塞頓開。」

「我還是不懂。到底是從什麼地方進出的？」

我有種被調侃的感受，心裡不太痛快。

「每個家裡，比如長屋裡的廚房木板地上，通常會有個三尺見方左右的掀板，用來存放木炭或木柴。這種掀板底下大多沒有隔間，直接與緣廊底下相通。一般人料想不到竊賊會從內部進入，所以，就算是會用鐵絲網封住通往戶外之處的小心謹慎人士，也不會特意將掀板上鎖。」

「這麼說來，殺害初代的人就是從掀板出入的？」

「我去初代小姐家查看了幾次，確定廚房的掀板底下沒有隔間，直接與緣廊底下相通。換句話說，凶手鑽進隔壁古物店廚房的掀板，通過緣廊底下，再從初代小姐家的掀板潛入屋內，之後又用同樣的方法逃走。」

用這個方法，表面上看來神祕不已的初代凶殺案之謎便迎刃而解。我對於諸戶條理分明的推理大感佩服，然而仔細一想，這不過是解決了通道的問題，還有許多關鍵問題懸而未決。例如，古物店的店主為何沒發現凶手？凶手是如何當著圍觀群眾的面逃走？凶手究竟是什麼人？諸戶說我認識凶手，會是誰呢？諸戶說話拐彎抹角，令我好生著急。

「哎，你且聽我慢慢道來。我很樂意幫你找出凶手，替初代小姐和深山木先生報仇。待我依序說完我的看法之後，我還要問問你的意見，畢竟我的推理並非不容推翻的定論。」

諸戶制止我接二連三的發問，用進行學術演講般的語氣，繼續循序漸進地說明。

「當然，關於你提到的這一點，我也在事後向左鄰右舍打聽過了，清楚得很。當時的狀況的確不容許凶手瞞著古物店店主及圍觀民眾的眼睛逃走。古物店開門時，附近居民已經聚集在街上。縱使凶手通過緣廊底下，爬出古物店廚房的掀板，來到了店面或後門，要在店主夫婦及圍觀民眾渾然不覺的狀態下走出門外，是完全不可能的事。那麼，他是如何度過這道難關？這可真難倒我這個業餘偵探。凶手一定用了什麼手法，就如同廚房的掀板，用了某種沒被發現的障眼法。我想你也知道，我三番兩次在初代小姐家附近徘徊，向鄰居打聽消息。而我突然想到，案發之後，古物店裡可有少了什麼物品？做生意的總會在店面陳列各種物品，或許其中有某樣物品被拿走了。經我調查之後，得知案子曝光的那天早上，警方忙著查案時，有人買走和這只花瓶成對的另一只花瓶。除此之外，店裡沒有其他的大型物品賣出。

因此，我便懷疑起這只花瓶。」

「深山木大哥也是這麼說的，可是我完全不明白他的意思。」

我忍不住插嘴說道。

「沒錯，起先我也不明白，但就是覺得可疑。案發前一晚，正好有個客人付錢訂下那只花瓶，並用包袱巾包好之後才回去。隔天早上，他便派人來把花瓶扛走，時間正好一致。這裡頭似乎有什麼文章。」

「總不可能是凶手就藏在花瓶裡吧？」

「不，說來意外，我有理由懷疑花瓶裡藏了人。」

「咦？藏在這裡頭？別說笑了。這只花瓶高不過三尺，寬頂多一尺五寸。再說，瞧瞧這個瓶口，連我的頭都塞不進去，高頭大馬的成年人要怎麼鑽進花瓶裡頭？又不是童話故事裡的魔法壺。」

我走到房間角落的花瓶邊，測量它的口徑，忍不住笑了。

「魔法壺？是啊，搞不好這就是魔法壺。每個人，就連我起初也不認為有人鑽得進這只花瓶。然而，說來不可思議，我有充分的理由懷疑人就藏在花瓶裡。為了研究，我便買下剩下的那只花瓶，可是任憑我想破頭，依然理不出頭緒。在我一頭霧水之際，第二起凶殺案發生了。深山木先生遇害當天，我碰巧為了別件事前往鎌倉，在路上看見你便跟著你去到海邊，意外目睹第二樁凶殺案。關於這件案子，我做了許多研究。我知道深山木先生在追查初代小姐的案子，如今深山木先生被殺，而且殺人手法和初代小姐遭遇的一樣神祕，所以我猜想兩起案子之間應該有關聯。後來，我建立一套假設。這畢竟只是假設，在找到確實的證據之前，就算被當成妄想也無可奈何。不過，這是唯一說得通的假設，而且與這兩起案子的每個環節都十分吻合，所以，我認為這套假設應該可信。」

諸戶凝視著我的臉，他的眼睛因為醉意與興奮而充血。他頻頻舔舐乾燥的嘴唇，逐漸轉變為演說的語調，滔滔不絕地繼續說道：

「現在暫且擱下初代小姐的案子，先談第二起凶殺案比較方便。我就是照著這樣的順序推理的。深山木先生在眾目睽睽之下死於神祕的殺人手法，沒人知道他是在何時、被何人所殺。光是他的附近，就有好幾個人一直注視著他，你也是其中之一。除此之外，尚有幾百個民眾在海邊來來往往，更別說他身邊還有四個小孩和他一起玩耍。這麼多人在場，卻沒有一個人看見凶手，可說是前所未見的怪事，令人匪夷所思。不過，被害者胸口插著一把短刀是不爭的事實。既然如此，必定有個凶手存在。凶手究竟是如何犯下這樁不可能的凶殺案？我假設了各種狀況，但任憑我再怎麼發揮想像力，除了兩種情形以外，這件案子實在不可能成立。第一種是深山木先生其實是悄悄自殺的，而另一種則是非常可怕的想像，就是和他玩耍的小孩之一——不滿十歲的天真孩童，趁著玩沙之際下手殺了他。當時雖然有四個小孩在場，但他們為了把深山木先生埋起來，忙著從不同的方向各自掬沙。其中一個小孩趁著其他小孩不注意時，假裝在倒沙，拿出預先藏好的刀子刺入深山木先生的胸口，倒也不是什麼難事。深山木先生自己也因為對方是小孩，在遇刺之前完全沒有戒心。遇刺之後，想必連出聲喊叫的時間也沒有。而下手的小孩為了隱藏血跡和凶器，又若無其事地繼續往深山木先生身上倒沙。」

諸戶這番瘋狂的想像令我錯愕不已，不禁凝視著他的臉龐。

「至於這兩種情形，深山木先生自殺的說法從各種觀點探討都無法成立。既然如此，即使聽起來再怎麼牽強，除了凶手是四個小孩之一以外，也沒有其他解釋。非但如此，一旦採納這個解釋，先前的疑問同時迎刃而解。乍看之下不可能之事，就變得完全可能。我所說的，就是你剛才提到的『魔法壺』。除非借助惡魔的神通，否則絕不可能藏身於那麼小的花瓶裡。不過我們會這麼想，是因為思考方向已經固定，認為殺人犯必定像犯罪學叢書裡的插畫般，是個凶神惡煞的壯年男子，完全忽略幼童的可能性。在這種情況下，小孩便成了盲點。然而，一旦注意到小孩這個盲點，花瓶之謎便迎刃而解。那只花瓶雖小，尚可容十歲的小孩藏身。只要用大包袱巾包住，沒人看得見瓶中，小孩便可以從鬆脫的打結處出入，進入瓶中以後再把結重新打好、蓋住瓶口即可。擁有魔法的並非花瓶，而是鑽進花瓶的人。」

諸戶的推理有條不紊、井然有序，可說是極為巧妙。然而，聽到這裡，我還是有些不服氣。或許是我的心思都表露在臉上，諸戶凝視著我的臉繼續說道：

「初代小姐的案子除了凶手的出入路徑不明以外，還有一個重大疑點，你應該沒忘記吧？也就是凶手為何在那麼危急的狀況下帶走巧克力罐？不過，倘若凶手是十歲小孩，便可解釋這個疑問。裝在美麗罐子裡的巧克力，對於這個年紀的孩子而言，是種魅力更勝於鑽戒、珍珠項鍊的物品。」

「我實在不明白。」我忍不住插嘴：「一個看見巧克力就忍不住拿走的天真小孩，怎會接連殺害兩個無辜的大人？甜點和殺人，這種對比未免太滑稽。這樁犯罪中顯現了殘忍毒辣的性格、縝密的計畫、過人的機智和精準的犯案手法，怎麼會期待一個年紀小小的孩子具備這些特質？你的看法只是穿鑿附會、妄自揣測而已。」

「你覺得不合理，是因為你把小孩當成殺人計畫的主謀。想出這種犯罪手法的當然不是小孩，而是另有其人，真正的惡魔隱藏在背後。小孩只不過是調教有方的殺人機器罷了。這是多麼奇特又令人毛骨悚然的主意啊！由十歲小孩下手，根本沒人會察覺；就算東窗事發，也不至於像大人那樣受到嚴厲刑罰。這和扒手頭子利用年幼無知的小孩行竊的道理相同，只是程度遠遠嚴重許多。再說，正因為是小孩，才能藏身於花瓶之中、安全地運走，也才能讓小心謹慎的深山木先生放鬆戒心。或許你會懷疑，無論如何調教，一個執著於巧克力的天真小孩真的下得了手殺人嗎？其實兒童研究者都知道，小孩遠比大人殘忍許多。以活剝青蛙皮、把蛇折磨得半死不活為樂，是小孩獨有的嗜好，大人往往難以理解。這些殺生其實是毫無理由的。根據進化論者的說法，小孩象徵人類的原始時代，比大人更加野蠻，也更加殘忍。幕後主使者居然想得出利用小孩當殺人機器的歪主意，實在太驚人。或許你會認為，一個十歲的小孩再怎麼訓練，也不可能成為如此高明的殺手。沒錯，的確非常困難。要一個小孩無聲無息地鑽進緣廊底下，從掀板潛入初代小姐的房間，精準地把刀刺入她的心臟，下手動作還快得讓她無暇出聲喊叫，接著再回到古物店，縮在花瓶裡忍耐一整晚。而在海邊，他得一面跟三個不認識的小孩嬉戲，一面背著這些小孩刺殺埋在沙中的深山木先生。一個十歲小孩真能達成這等難事嗎？就算達成了，他能夠守口如瓶嗎？你會懷疑是合情合理的，不過，那終究只是常理。只有那些不知道訓練的威力有多麼強大，不知道世上有多少超乎常理的怪事存在的人才會這麼想。中國的雜技師不就能訓練五、六歲的小孩下腰，把頭從胯下伸出來嗎？馬戲團的雜技師也能訓練不滿十歲的孩童在三丈的高空中，像隻鳥兒從這根橫槓跳到另一根橫槓上。現在有個十惡不赦的壞人，不擇手段地施予訓練，你又豈能斷定十歲的小孩學不會殺人絕招？撒謊技巧亦然，被僱來乞討的小孩為了博取路人的同情，裝起窮困潦倒的模樣是多麼維妙維肖；和身旁的成年乞丐假扮父子，又是多麼逼真啊！你看過這些孩童驚人的本領嗎？小孩經過訓練，可是一點也不比大人遜色。」

聽完諸戶的說明，我茅塞頓開，但心裡仍然不願相信竟有如此天理不容的惡徒教唆無知的孩童犯下血腥的殺人罪，總覺得應該還有辯駁的餘地。我宛如試圖逃離惡夢的人，無助地環顧房內。諸戶閉上嘴巴之後，房裡倏地安靜下來。我在熱鬧的地方住慣了，對我而言，這個房間宛若另一個異樣的世界。天氣炎熱，窗戶沒有完全關上，可是連一點風也沒有，外頭的暗夜看來猶如一道厚不可測的漆黑牆壁。

我的視線停駐在關鍵的花瓶上。一想像有個小孩殺人魔一整晚都藏身於一模一樣的花瓶之中，就有股難以言喻的陰鬱之情襲來。同時，我又尋思著有無方法能夠打破諸戶這種令人不快的想像。在我凝視花瓶時，突然發現某件事，立刻用開朗的聲音反駁：

「這只花瓶和我在海邊看見的那四個小孩相比，顯然不夠大。三尺以上的小孩不可能藏身在不到三尺的花瓶裡。若要在裡頭蹲著，寬度又太狹窄。別的不說，瓶口這麼小，就算是再瘦小的孩子也進不去啊！」

「我也曾這麼想，甚至還找來同齡的孩子測試。果不其然，那個孩子鑽不進花瓶裡。不過，比較小孩的體積及花瓶的容積，如果小孩能夠如同橡膠般伸縮自如，還是進得去的。只可惜人類的手腳與身體無法像橡膠那樣隨意彎折，所以無法完全隱藏起來。然而，看著那個小孩多方嘗試，我聯想到一樁奇人異事。很久以前有人告訴我，有一位逃脫高手，只要給他腦袋鑽得過的小洞，他就能把身體東彎西折，整個人逃出洞口。當然，這是種特別的祕法，但只要有這種祕法，這只花瓶的瓶口比十歲小孩的腦袋大，容積又充足，對於某類小孩而言，藏身瓶中絕非毫無可能。那麼，是哪一類孩子辦得到呢？我立即聯想到那些從小就被天天灌醋，身體關節猶如水母一般伸縮自如的小雜技師。說到雜技師，他們有種把戲正巧可以用在這個案子上，就是足技。他們可以把一個大大的壺放在腳上，讓小孩鑽入壺中，再用腳把壺踢得團團轉。你應該也看過吧？鑽進壺中的小孩彎折身體，變得和皮球一樣圓滾滾的。他們可以從腰部對折，把頭伸進雙膝之間。懂得這種把戲的小孩要藏身於這只花瓶之中並不困難。或許凶手身邊正好有這類小孩，所以他才想出這個花瓶戲法。我發現這件事以後，正好有個朋友非常喜歡看雜技表演，我立刻去請教他，才知道恰巧有個馬戲團來鶯谷巡演，也有表演同樣的足技。」

聽到這兒，我恍然大悟。我們剛開始談話時，諸戶曾說過他有個小客人，想必就是那個馬戲團的小雜技師吧。先前我在鶯谷看見諸戶，正是他為了確認那個孩子的長相而前往馬戲團的時候。

「因此，我立刻前去那個馬戲團看表演，而表演足技的孩子似乎就是鎌倉海邊的四個小孩之一。只不過我記得不甚分明，無法斷定，必須進一步調查才行。我要找的小孩人在東京，而四個小孩之中有一個是從東京前去戲水的，兩者正好吻合。不過，若是貿然行動，恐怕會打草驚蛇，讓真凶逃之夭夭，所以我兜了好大一個圈子，利用自己的職業設法將小孩引出來。我聲稱自己是醫學家，想要調查小雜技師畸形發育的生理狀態，請求馬戲團出借孩子一晚。要讓對方答應這個要求，不但得拉攏業界大老、重金酬謝馬戲團團長，還得答應小孩買許多他愛吃的巧克力給他，費了不少功夫。」說著，諸戶打開放在窗邊小桌上的紙袋給我看，只見裡頭裝著三、四個美麗的巧克力罐和紙盒。「今晚總算達成目的，把小雜技師單獨引來這裡。我先前提到的飯廳裡的客人，指的就是那個小孩。不過他才剛到，我什麼都還沒問，不知道他是不是海邊的那個孩子。你來得正好，我們一起調查這件事吧。你應該記得當時那個小孩的長相吧？我們也可以實際測試他是否真能鑽進這個花瓶裡。」

說完，諸戶站起來，與我一同前往飯廳。諸戶的推理導出匪夷所思的詭異結論，而我心中雖然五味雜陳，卻對他條理分明的長篇大論感到心服口服，如今已無任何異議。為了與小客人會面，我們離開座椅，踏上了走廊。

小雜技師

我一眼便認出那是鎌倉海邊的小孩之一。我向諸戶打了個暗號，他滿意地點了點頭，在小孩身邊坐下，而我也隔著餐桌坐下。當時小孩已經用完飯，正在閱讀書生給他看的圖畫雜誌，一察覺我們到來，便嘻皮笑臉地望著我們。他穿著骯髒的小倉織水手服，嘴裡不知嚼著什麼東西，乍看之下像個白痴，卻又流露一種難以言喻的陰險之相。

「這孩子的藝名叫友之助，聽說已經十二歲了，但是因為發育不良，個子矮小，看起來只有十歲左右。他沒受過義務教育，說話很幼稚，也不識字。可是雜技功夫非常高明，動作宛若松鼠一般敏捷，算是種智能不足的低能兒。不過，他的言行舉止有些神祕兮兮的，雖然極度缺乏常識，在壞事方面卻似乎擁有常人遠不及的畸形感覺。換句話說，他或許是屬於先天性犯罪型的小孩。到目前為止，無論我問什麼，他都含糊其詞，露出一副不知道我在說什麼的表情。」

諸戶先傳授我預備知識，接著又轉向小雜技師友之助。

「前些日子你去過鎌倉的海水浴場吧？當時這個叔叔就在你旁邊，你認得嗎？」

「不認得，我沒去過海水浴場。」

友之助白了諸戶一眼，無禮地回答。

「怎會不認得呢？當時被你們埋在沙子裡的胖叔叔遇害，引起一陣大騷動，你知道吧？」

「不知道，我要回去了。」

友之助面露慍色，起身要離去。

「別說傻話，你自己一個人要怎麼從這麼遠的地方回去？你不認得路吧？」

「我認得。就算迷路，只要問大人就行了。我走過十里遠的路。」

諸戶面露苦笑，思索片刻，命令書生將花瓶及整袋巧克力拿過來。

「多留一會兒吧。叔叔給你好東西。你最喜歡什麼？」

「巧克力。」

友之助站在原地，聲音之中依然帶有怒意，答案卻十分誠實。

「巧克力是吧？這裡有許多巧克力，你不想要嗎？不想要可以回去，但是你一回去就拿不到了。」

見到一大袋的巧克力，小孩瞬間面露喜色，但是倔強得很，不肯說他想要。他坐回原位，默默瞪著諸戶。

「看吧，你很想要。叔叔可以送你巧克力，可是你得聽叔叔的話。你看看這只花瓶，很漂亮吧？你看過同樣的花瓶吧？」

「沒看過。」

「沒看過？你的嘴真硬啊。好吧，這個問題待會兒再談。對了，這只花瓶和你表演足技的壺比起來，哪個比較大？這只花瓶應該比較小吧？你鑽得進去嗎？就算你的本事再怎麼高明，應該鑽不進這只花瓶吧？行不行？」

小孩默不作聲，諸戶繼續說道：

「行不行？你要不要試試？有獎品可拿。如果你鑽得進去，我就送你一盒巧克力，你可以當場吃掉。不過，真可憐，我看你是鑽不進去的。」

「我進得去。你真的會給我嗎？」

友之助畢竟只是個小孩，完全著了諸戶的道。

他突然走向七寶燒花瓶，雙手扶著邊緣，跳上牽牛花形的瓶口。接著，他先把一隻腳伸進去，另一隻腳在腰間對折，從屁股一點一點地擠進花瓶裡，動作靈巧得令人嘆為觀止。待腦袋沒入瓶中之後，高舉的雙手在半空中掙扎了一會兒，最後連雙手也看不見，實在是種不可思議的把戲。從上方窺探，只見小孩的黑色腦袋塞住瓶口，宛若從內側上了栓似的。

「好厲害，好厲害。行了，出來吧，我給你獎品。」

出來似乎比進去更困難，小孩多費了些手腳。腦袋和肩膀倒是輕鬆，但是要和鑽進花瓶時一樣折起一隻腳、拔出屁股，可得大費周章。友之助離開花瓶，下到地面，有些得意地微微一笑。他並不催促獎品，只是默默杵在原地，凝視著我們。

「這個給你，別客氣，吃吧！」

諸戶遞出裝著巧克力的紙盒，小孩一把搶過，毫不客氣地打開蓋子，剝下其中一顆巧克力的銀紙放入口中。他吃得津津有味，眼睛卻盯著諸戶手上那罐最美麗的巧克力不放，臉上充滿遺憾之色。他得到的是簡陋的盒裝巧克力，似乎很不服氣。從他的神色，可知巧克力和罐子對他而言充滿無比的魅力。

諸戶把他抱到膝蓋上，摸了摸他的頭。

「好吃嗎？你真是個乖孩子。不過，那盒巧克力不是什麼上等貨，裝在這個金色罐子裡的比它美麗十倍，也好吃十倍。你瞧瞧，這個罐子多美啊！活像太陽般閃閃發亮。這次我給你這個，不過你得說實話才行。如果你沒有老實回答我的問題，就不能給你，知道嗎？」

諸戶宛若催眠師施予暗示一般，一字一句、鏗鏘有力地對小孩說道。友之助用驚人的速度一顆接一顆撥開銀紙，把巧克力送入口中。他並未從諸戶的膝蓋上逃開，只是心不在焉地點了點頭。

「這只花瓶無論是形狀或圖樣，都和某天晚上你在巢鴨的古物店裡看見的一模一樣，你應該沒忘記吧？那天晚上，你藏在花瓶裡，趁半夜偷偷跑出來，經過緣廊底下，闖進隔壁人家。你在那兒做了什麼事？把短刀插進某個熟睡的人胸口，對吧？你忘了嗎？那個人的枕邊也有一個裝著巧克力的漂亮罐子，就是你拿走的吧？你還記得當時你刺殺的人是什麼模樣嗎？回答我。」

「是個很漂亮的大姊姊。要是忘記她的長相，我就有苦頭吃了。」

「很好、很好，就是這樣回答。還有，你剛剛說你沒去過鎌倉的海邊，是撒謊吧？你也用短刀刺進埋在沙子裡的叔叔胸口，對吧？」

友之助依然只顧著吃，心不在焉地點了點頭，隨即又猛省過來，露出恐懼萬分的表情。他扔下吃到一半的盒裝巧克力，要跳下諸戶的膝蓋。

「不用害怕，我們是你老大的朋友，你照實說沒關係。」

諸戶連忙制止他，並如此說道。

「不是老大，是『老爹』才對。你也是『老爹』的朋友嗎？我很怕『老爹』，你可別跟他說喔。」

「別擔心，沒事的。來，你再回答叔叔一個問題。『老爹』現在人在哪裡？還有，他叫什麼名字？你該不會忘了吧？」

「別說傻話，我怎麼可能忘記『老爹』的名字？」

「那你告訴叔叔，叔叔都忘光啦！來，你快說。只要你說出來，這個和太陽一樣美麗的巧克力罐就是你的。」

巧克力罐對這個孩子起了魔法般的作用。如同成年人見到大量黃金便顧不得任何危險一般，他被這個巧克力罐的魅力迷得暈頭轉向。眼看就要回答諸戶的問題，剎那間卻響起一道異樣的聲音，諸戶「啊」了一聲，推開小孩往後跳開。

一件匪夷所思的怪事發生了。下一瞬間，友之助已經躺在地毯上，白色水手服的胸口猶如打翻紅墨水，變得一片通紅。

「蓑浦，危險，有人開槍！」

諸戶大叫，把我推向房間角落。然而，我們提防的第二槍並未發生。整整有一分鐘時間，我們只是默默無語地呆立原地。

有人從敞開的窗外暗處向小孩開槍，殺人滅口。不消說，必定是會因為友之助的坦白而身陷險境的人。或許就是友之助口中的「老爹」。

「報警吧！」

諸戶回過神來，衝出房間。不久後，我便聽見他在書房裡打電話報警的聲音。

我聽著他的聲音，杵在原地，突然想起來這裡時看見的那個宛若從腰部折為兩半的陰森老人。

乃木大將的祕密

雖然不知道兇手是什麼人，但他握有手槍，而且並非只有威嚇之意。因此我、書生和婆婆根本不敢追趕，而是臉色發青地逃出房間，不約而同地聚集到諸戶打電話報警的書房。

不過，諸戶可就勇敢多了。打完電話以後，他跑到玄關，大聲呼喚書生，要他拿提燈過來。見狀，我也不好袖手旁觀，便幫忙書生張羅兩盞提燈，追上已經跑出門外的諸戶。可是夜裡一片漆黑，根本看不出兇手逃往何方。我們猜想兇手或許仍然潛伏在庭院裡，便提著燈籠粗略地搜索一番，但無論是樹叢背後或是建築物的凹陷處都不見人影。兇手必定是趁我們忙著打電話、張羅提燈時，逃之夭夭了。我們束手無策，只能靜待警察到來。

不久後，幾名轄區的警官趕來。由於他們是徒步前來，走的又是鄉間小路，趕到時已經過了好一段時間，根本來不及追趕兇手。現在才要打電話給附近的電車站攔截兇手，已經太遲了。

在第一批警察查看友之助的屍體並仔細搜索庭院時，檢察署和警視廳也派人前來，詢問我們許多問題。無可奈何之下，我們和盤托出，結果被他們痛斥一頓，責備我們不該背著警方擅自行動。事後，我們又被傳喚了好幾次，每次遇上不同的人訊問，就得把同樣的答案再說一次。不消說，警方根據我們的敘述通知了鶯谷的馬戲團，馬戲團派人前來收屍，並聲稱他們對這件案子一無所悉。

諸戶也不得不把他的詭異推理——小雜技師友之助正是兩起命案的凶手——告訴警方。警方派人前往馬戲團進行嚴密的調查，但是團員之中並沒有可疑之人，不久，鶯谷的表演檔期結束，馬戲團啟程前往其他地方巡演，嫌疑也隨之煙消雲散。此外，透過我的陳詞，警方也得知八十歲怪老人的存在，但無論如何搜索，都沒找到這樣的老人。

年僅十歲的稚氣孩童犯下兩樁凶殺案，而年約八十、老態龍鍾的老翁用最新型的白朗寧手槍射殺了這名十歲孩童——這樣的看法過於荒誕不經又不切實際，似乎說服不了墨守成規的檢警。再者，諸戶雖然畢業於帝國大學，但他既未當官也沒開業，反而沉浸於千奇百怪的研究之中。而我又是個為愛痴狂的文學青年，因此警察似乎把我們當成某種妄想狂——沉迷於復仇或犯罪調查之中的怪人。不知是不是我多心，就連諸戶那番條理分明的推理，都被他們視為妄想狂的幻想，壓根兒沒認真傾聽；至於十來歲小孩在巧克力的吸引之下所做的自白，警方更是完全不當一回事。換句話說，警方純粹是基於警方的見解在追查凶手。然而到頭來，連個嫌疑人也沒找到，日子就這麼一天天地過去。

被馬戲團以損害賠償的名義索求鉅額奠儀，又被警察狠狠斥責、視為偵探狂，諸戶牽扯上這件事可說是倒楣透頂。然而，他並未因此意志消沉，反而更加投入其中。

非但如此，正如同警方不相信諸戶那番不切實際的看法，諸戶似乎同樣不把墨守成規的警察當一回事。最好的證據就是我已經告知諸戶，深山木幸吉收到威脅信後，將信上提到的「物品」寄給我，而寄來的竟是一個塌鼻子的乃木大將肖像。但是諸戶接受調查時絕口不提此事，還叮囑我不可說出來。換句話說，他打算靠自己的力量徹查這一連串的案子。

至於我當時的心境呢？雖然向殺害初代的凶手復仇的念頭依舊如初，但是案情越來越複雜、牽涉越來越廣，我只能茫然坐視。隨著凶殺案一再發生，真相非但沒有水落石出，反而越發令人費解。面對這樣的事態，我滿心駭然。

諸戶道雄居然如此熱衷調查，也是令我費解的謎團之一。先前我也說過，即使他再怎麼愛我，對偵探行為再怎麼感興趣，也不至於如此投入。我甚至懷疑其中是否另有原因。

總而言之，孩童射殺案發生後的幾天，我們的周遭兵荒馬亂，面對未知敵人而產生的恐懼也擾亂我們的心。當然，我期間拜訪過諸戶幾次，但是彼此都無法靜下心來好好研議善後之策。因此，直到友之助遇害好幾天後，我們才開始討論接下來該採取的手段。

那一天，我向公司請假（案發之後，我幾乎沒去上班），拜訪諸戶家。我們在書房裡計議，他提出下列意見。

「我不知道警方有多少進展，不過看樣子是靠不住了。在我看來，這件案子遠遠超乎警察的常識。讓警方用他們的方式查案，我們用我們自己的方式來研究案情吧！友之助只不過是真凶的傀儡，說不定射殺友之助的賊人也一樣是傀儡。真凶藏身於遠方的迷霧之中，我們漫無目的尋找，只會落得徒勞無功。倒不如調查這三件凶殺案背後有何動機、犯罪原因為何，這才是捷徑。根據你的描述，深山木先生遇害前收到的威脅信上寫著要他交出某樣『物品』。對於凶手而言，這樣『物品』八成比任何人的性命都更為重大，凶手正是為了得到這樣『物品』才犯下這次的案子。殺害初代小姐、殺害深山木先生、闖進你的房裡翻箱倒櫃，全都是為了這樣『物品』。至於殺害友之助，當然是不願意讓真凶的名字曝光。所幸現在這樣『物品』在我們手裡。雖然不知道這個塌鼻子的乃木大將有多少價值，但是他們所說的『物品』，必定就是乃木大將石膏像，所以我們必須著手調查這座古怪的石膏像。不過，敵人已經知道我家和你家的位置，太過危險，我們必須另外成立一個偵探總部。我在神田租了間屋子，明天，你用舊報紙把石膏像包起來，為了安全起見，搭車到那間屋子去。我會先到那兒等你，到了以後，我們再慢慢檢查石膏像。」

不消說，我當然贊同諸戶的意見。隔天，我僱一輛車，在約好的時間前往他所說的神田租屋處。神保町附近的學生街有條餐飲店林立的蜿蜒小路，其中有間寒酸的餐廳正在出租二樓的六疊大房間，諸戶便將它租下來。我爬上陡斜的梯子，只見諸戶穿著平時鮮少穿的和服，背對有著大塊漏雨漬的牆壁，坐在紅褐色榻榻米上等候我的到來。

「好髒的屋子。」

說著，我皺起眉頭。

「我故意選這種屋子。底下是西餐廳，出入不會引人注意。學生街鬧騰騰的，敵人應該不會發現。」

諸戶得意洋洋地說道。

我突然想起小時候常玩的偵探遊戲。不是普通的官兵抓強盜，而是和朋友兩個人一起拿著手冊和鉛筆，深夜偷偷摸摸地在附近的街道上遊蕩，記錄每戶人家的門牌，默背幾巷幾號住了什麼人，還為此沾沾自喜，彷彿掌握了什麼天大的祕密。當時的玩伴是個熱愛祕密的人，每次玩偵探遊戲，都得意洋洋地將他的小書房命名為偵探總部。現在看見諸戶也同樣得意洋洋地成立偵探總部，便覺得三十歲的諸戶宛若當年那個喜愛祕密的古怪小孩，而我們做的事就如同孩子氣的遊戲。

雖然這是個嚴肅的場合，我卻漸漸開心起來。我望著諸戶，只見他也一樣，面露孩子氣的雀躍之色。年少的我們心底確實存在著以祕密為喜、以冒險為樂的感情。再說，諸戶和我的關係並非單純的「朋友」二字所能形容。諸戶對我懷抱著不可思議的愛情，而我雖然無法理解，卻明白他的心意，而且不像一般人那樣感到萬分不快。與他相處時，總是有股彷彿他或我是異性的甜蜜感。或許就是這股甜蜜感，讓我們倆的偵探工作變得更加有趣。

總而言之，諸戶從我的手中接過石膏像，埋頭查看片刻之後，便輕而易舉地解開謎團。

「打從一開始，我就知道石膏像本身毫無意義，因為初代小姐並沒有這個玩意兒卻被殺害了。初代小姐遇害時被偷走的，除了巧克力以外，只有手提袋，但是這座石膏像根本放不進手提袋裡。由此可知，應該是某樣可以封進石膏像裡的小東西。柯南・道爾有本小說叫做《六座拿破崙半身像》，敘述的是把寶石藏在拿破崙石膏像中的故事。深山木先生一定是想起了這本小說，而拿來應用在隱藏那樣『物品』。你瞧，拿破崙和乃木大將，挺富聯想性的吧？剛才我檢查過後，發現這座石膏像確實曾被剖為兩半，又用石膏再度接合起來，只是因為髒兮兮的，不顯眼而已。這裡可以看見一條新的石膏縫。」

說著，諸戶用指尖沾了點口水，摩擦石膏像的某個部位給我看。果然如他所言，底下有條接縫。

「把它打破吧！」

話一說完，諸戶便突然拿起石膏像，砸向柱子。乃木大將被砸個粉碎，面目全非。

彌陀的恩賜

破碎的石膏像中塞滿棉花，拿掉棉花之後，出現了兩本書，其中一本竟是木崎初代從前交給我保管的族譜。現在回想起來，起先我拜訪深山木時，曾把族譜交給他，之後一直沒有要回來。另一本看起來像是老舊的雜記簿，幾乎所有頁面都寫滿鉛筆字。至於這是多麼不可思議的紀錄，留待我之後慢慢說明吧。

「哦，是族譜啊！正如我所料。」

諸戶拿起族譜叫道。

「正是這本族譜在作祟，竊賊拚命搶奪的『物品』就是這個。其實仔細想想先前發生的事，便可以明白。首先，初代小姐的手提袋被偷。雖然當時族譜已經在你手中，但之前初代小姐一直是放在手提袋裡隨身攜帶。竊賊以為只要搶走手提袋即可，誰知白忙了一場，所以又盯上你。而你湊巧在竊賊下手前把族譜交給深山木先生。深山木先生帶著族譜出遠門，找到某些有力的線索。不久後，深山木先生收到威脅信，遇害身亡。竊賊想要的族譜這回封在石膏像中，寄回你的手上，因此竊賊搜索深山木先生的書房，又落得徒勞無功的下場。之後，竊賊重新盯上你，但沒有發現石膏像，所以搜了你的房間好幾次都沒達成目的。說來可笑，竊賊每次都晚一步。照這個順序看來，竊賊拚命搶奪的確確實實是這本族譜。」

「這讓我想起一件事。」我驚訝地說道：「初代跟我說過，附近的舊書店找過她，說想高價收購這本族譜。這種沒用的族譜值不了幾文錢，仔細想想，舊書店八成是受竊賊所託。去舊書店問問，或許能夠查出竊賊的真正身分。」

「原來有這件事，看來我想得沒錯。不過，竊賊行事如此謹慎，想必不會讓舊書店知道他的真實身分。竊賊先利用舊書店，用和平的手段收購族譜；得知這招沒用，便決定用偷的。你曾經說過，初代小姐看見可疑老人的那陣子，書房裡的物品也有被移動過的跡象。這正是竊賊試圖偷走族譜的證據。不過，初代小姐一直隨身攜帶族譜，所以接著……」

說到這兒，諸戶猛省過來，臉色發青。他沉默不語，睜大雙眼凝視著半空中。

「怎麼了？」

我問，但他並未回答，靜默了好長一段時間之後才重整心緒，若無其事地把話說完。

「接著……竊賊就殺了初代小姐。」

然而，他這句話說得拖泥帶水，活像有東西卡在臼齒上。我永遠無法忘記他當時那種異樣的表情。

「可是，我有個地方不太明白。無論是初代或深山木大哥，為什麼竊賊非得殺害他們不可？用不著犯下殺人罪，還有其他偷出族譜的方法吧？」

「這一點我也還不明白，大概是有什麼非得殺人不可的理由，從這一點也可看出這件案子並不單純。不過，我們還是停止空談，先調查實物吧。」

於是，我們開始查看那兩本書。族譜如同我從前翻閱時一樣，平凡無奇，極為尋常；另一本雜記簿裡則寫滿怪誕離奇的情節，由於太過不可思議，我們一開卷便欲罷不能，深深為內容吸引。我們先閱讀的是雜記簿，不過為了記敘上的方便，姑且將雜記簿的內容挪到後頭，先談談族譜的祕密。

「現在又不是從前的封建時代，族譜並沒有重要到需要搏命偷走的地步。照這麼看來，或許這表面上是本族譜，其實另有其他意義。」

諸戶仔仔細細地翻閱每一頁，如此說道。

「九代，春延，乳名又四郎，享和三年襲封，賜兩百石，文正十二年三月二十一日歿。之前的部分被撕毀了，不得而知。藩主的名字應該也是寫在開頭處吧？之後的都省略了，只有記載俸祿。俸祿僅微薄的兩百石，就算知道姓名，大概也不容易查出是哪個藩的臣子。這種小官的族譜究竟有什麼價值？繼承遺產並不需要族譜為證，就算需要，用偷的也很奇怪。如果族譜可以當作證據，大可以光明正大地索討，用不著偷啊。」

「奇怪，你瞧，封面的這個部分好像被故意拆下來了。」

我突然發現這件事。先前初代把族譜交給我時，封面完整無缺，可是現在表面的古樸織布和底下的厚紙分開，像被人小心翼翼地扒下來似的。掀開一看，可見裱在織布裡側的廢紙上有些漆黑的文字。

「是！確實是故意拆下來的，鐵定是深山木先生做的。他這麼做一定有什麼用意。深山木先生似乎對一切了然於心，絕不可能無緣無故地拆下封面。」

我漫不經心地唸出廢紙上的文字。這段文字很古怪，於是我拿給諸戶觀看。

「這是什麼句子？是偈頌嗎？」

「奇怪，這不像是偈頌的一部分，都這個年頭了，也不太可能是神諭。真是意味深長的句子啊！」

這些古怪的句子如下所述。

神佛相會，
當破巽鬼，
尋彌陀之恩賜，
勿迷失於六道。

「這些句子文意不通，筆風似乎是模仿御家流（註6），但寫得很拙劣，應該是古時候學識淺薄的老爺子寫的吧？話說回來，神佛相會、當破巽鬼，看起來似乎別有含意，卻又完全猜不透是什麼意思。不過，罪魁禍首定然是這段古怪的句子，否則深山木先生不會刻意拆下封面查看。」

「看起來活像咒文似的。」

「沒錯，活像咒文，不過我認為這是密語，值得搏命搶奪的密語。這段古怪的句子必定擁有龐大的金錢價值。說到具備金錢價值的密語，首先聯想到的就是藏寶密語。這麼一想再重讀這段句子，『尋彌陀之恩賜』便可解釋成『尋找寶藏的下落』，不是嗎？隱藏的金銀財寶正是彌陀的恩賜。」

「嗯，是可以這麼解釋。」

來路不明的幕後主使者（應該就是那個看來年過八十歲的怪老人吧），不惜任何代價也要奪得這張廢紙，就是因為廢紙上的句子暗示了藏寶地點。這正是他千方百計找上門來的目的。這麼一來，可就有意思了。倘若我們解開這段充滿古風的密語，說不定能像愛倫坡的《金甲蟲》主角一樣，搖身變為百萬富翁。

然而，後來我們又思索許久，「彌陀之恩賜」固然可以解釋為財寶，但是剩下的三行句子，我們卻是完全不解其意，或許只有了解當地地理或現場地形的人才能解開密語。若是如此，不諳當地地理的我們永遠解不開這段密語（就算它真的是密語）。

話說回來，這些句子真如諸戶的猜想，是暗示藏寶地點的密語嗎？會不會只是種浪漫又一廂情願的空想呢？

註6／日本書道流派之一。

世外異境的信息

好，接下來我該敘述奇妙雜記簿的內容。倘若族譜的祕密真如諸戶猜想的那般闊氣華麗，那麼，雜記簿可說是正好相反，匪夷所思、陰鬱深沉又令人發毛。那是來自世外異境的信息，內容遠遠超乎我們的想像。

這份紀錄至今仍留在我的書信盒裡，我會將重要的部分摘錄於此。雖然只是一部分，但篇幅依然很長。不過這份不可思議的紀錄觸及故事核心的某個重大事實，所以只好請讀者耐著性子看完了。

那是篇奇異的告白文，是用細小的鉛筆字寫成的，全都是假名，還有種奇妙的鄉下腔，內容極為不可思議。為了方便讀者閱讀，我把鄉下腔改成東京腔，並把假名換成漢字，抄錄於後。括號和句點、逗點也都是我加上去的。

我拜託助八叔偷偷幫我弄來這本簿子和鉛筆。聽說在遠方的國家，每個人都會用白紙黑字寫下心裡話，所以我——半個我——也試著寫寫看。

我越來越明白什麼叫「不幸」（這是我最近學會的詞）。我覺得，只有我配用「不幸」這個字眼。聽說在遠處有個叫世界或日本的地方，大家都住在那兒。但是我打從出生以來，從沒看過那個叫世界或日本的地方。我覺得這一點和「不幸」這個字眼非常吻合。我越來越無法忍受不幸了。書上常有「老天爺，請幫幫我」這類說法。雖然我從沒見過老天爺，還是很想說：「老天爺，請幫幫我。」這樣我的心情會好一些。

我想說些傷心事，可是沒人聽我說。來這兒的人年紀都比我大很多。每天來教我唱歌的助八叔是個老爺爺，總是叫自己「老頭子」，剩下的只有替我送三餐、不會說話（聽說這叫啞巴）的年嫂（這個人四十歲了）。年嫂當然聽不到我說話，助八叔也不愛說話，無論我問什麼，他都只是頻頻眨眼，眼睛泛著淚光，跟他說也沒用。除了他們以外，就只有我自己。我也可以和自己說話，可是我和自己合不來，越說越生氣。另一張臉為什麼長得和這張臉不一樣？為什麼想法完全不同？越想只是讓我越難過而已。

助八叔說我十八歲。十八歲，代表我出生以後已經過了十八年。我大概在這個四角牆裡住了十八年吧。助八叔來的時候，都會告訴我日期，所以我知道一年有多長，而我整整度過了十八年。這是段很悲傷的日子。我打算把這些日子的回憶寫下來，這樣應該就能寫出我的所有不幸遭遇。

聽說小孩是喝母奶長大的，可悲的是，我完全不記得那時候的事。聽說母親是指慈祥的女人，可是，我完全無法想像什麼是母親。我知道有種和母親類似的人，叫做父親。如果那個人是父親，我倒是見過兩、三次。那個人說過「我是妳的老爹」，他是個長得很恐怖的殘廢。（註：這裡的殘廢並不是一般人所說的殘廢。讀者繼續看下去，應該就會明白。）

我最初的記憶是四、五歲時的事，更早以前都是烏漆抹黑的，什麼也不明白。打從那個時候起，我就住在四角牆裡，從沒走出過那扇厚厚的土門。那扇土門總是從外側鎖起來，任憑我怎麼推、怎麼拍打，都是一動也不動。

我先來寫寫四角牆中的情況吧。用我的身體長度來算，四面牆壁的每一面都和四個我連在一起差不多寬，高度大約是兩個我疊在一起。天花板有塊板子蓋著，聽助八叔說，上頭還鋪了層土、排著瓦片，從窗户可以看見瓦片的尾端。

現在的我坐在鋪了十張榻榻米的地上，底下是木板，板子底下還有另一個四角形的地方，要爬梯子才能下去。那兒和上頭一樣大，但是沒有鋪榻榻米，堆著很多箱子，還有裝著我衣服的櫃子，也有廁所。這兩個四角形的地方叫做房間，也叫做土倉，助八叔有時候管它叫倉庫。

倉庫裡除了剛才說的土門以外，上頭和下頭各有兩扇窗，全都有我的身體一半大，窗上各插著五根粗鐵棒，所以我不能從窗户爬出去。

鋪著榻榻米的房間角落有床棉被，還有裝著我玩具的箱子（我現在就是在箱子上寫字），牆壁的釘子上掛著三味線。除了這些東西以外，什麼都沒有。

我在這裡頭長大，從來沒有看過世界，也沒有看過許多人一起走路的街道。我只在書裡看過街道。不過，我知道山和海，因為從窗户看得見。山就像是堆得高高的土，海有時候是藍色的，有時候閃著白色光芒，是一潭很大的水。這些全都是助八叔教我的。

我回憶四、五歲的時候，好像比現在快樂許多，因為當時我什麼都不懂。那時候沒有助八叔和年嫂，只有個叫做阿與的老婆婆，她也是殘廢。我常在想，這個人是不是我的母親？可是她沒有奶水，應該不是，而且她看起來一點也不慈祥。不過，當時我年紀小，不太明白，也不知道她的長相和身體形狀。後來聽人說起她的名字，才記起來的。

這個人常陪我玩，餵我吃飯、吃零食，教我說話。我每天都沿著牆壁走來走去，爬到棉被上，拿石頭、貝殼和木棒當玩具玩，成天笑嘻嘻的。啊，那時候真好。我為什麼要長大呢？為什麼要懂這麼多事？（中略）

年嫂不知道為什麼，氣呼呼地端著餐盤下樓了。小吉吃飽就安分許多，我趕緊趁著這時候寫吧。小吉不是別人，是我的另一個名字。

我已經寫了五天。我不認得漢字，又是頭一次寫這麼長，所以寫得很慢。有時候寫一頁就得花上一整天。

今天要寫我第一次嚇了一跳的事。

我一直不知道我和其他人都是人類，和魚兒、蟲子及老鼠是不同的生物，而且大家的形狀都是一樣的。我一直以為人類有各種不同的形狀。這是因為我看過的人不多，才會產生這種錯誤的觀念。

那應該是七歲時的事。當時，我除了阿與婆婆和之後的米嫂以外，從來沒看過人類。米嫂費了好大的力氣，把我寬大的身體抱起來，讓我隔著插著鐵棒的高窗觀看外頭的廣闊原野。那時候，正好有個人經過，嚇了我一跳。在那之前，我雖然看過平原，卻沒看過有人經過。

米嫂應該就是俗稱的「白痴」，她什麼也沒教我，所以在那之前，我都不知道人類的形狀是固定的。

走在原野上的人和米嫂的形狀一模一樣，我的身體卻和那個人及米嫂完全不一樣。我覺得好害怕。

「那個人和米嫂為什麼只有一張臉？」我詢問米嫂。米嫂只說：「哈哈哈哈哈，我不知道。」

當時雖然沒有得到答案，但是我莫名地害怕。睡著以後，只有一張臉的奇怪人類不斷冒出來，我一直在作夢。

我跟助八叔學唱歌以後，才知道「殘廢」這個字眼。當時我十歲，「白痴」米嫂不來了，換成現在的年嫂，不久後，我開始學唱歌、彈三味線。

年嫂不會說話，也聽不見我說話，我覺得好奇怪。助八叔跟我說，那是一種叫啞巴的殘廢。他告訴我，殘廢指的是和一般人不一樣的人。

我聽了以後說：「那助八叔、米嫂、年嫂和大家都是殘廢囉？」助八叔似乎嚇一跳，睜大眼睛瞪著我說：「唉！小秀和小吉真可憐，什麼都不知道。」

我有三本書，書上的字都很小，我看了一遍又一遍。助八叔雖然不愛說話，但經年累月下來還是教了我許多東西，而這些書教我的足足有助八叔教的十倍多。所以，雖然我不知道其他事，但是書上有寫的我全都知道。這些書上有很多人類和其他東西的圖畫，現在我知道一般人是什麼形狀，但是當時只覺得好奇怪。

仔細想想，我還有件從小就覺得很奇怪的事。

我有兩張形狀不同的臉，一張很美，一張很醜。美的那張聽我使喚，說的也是我心裡想說的話；可是醜的那張卻會趁我不留意的時候，胡說些我心裡根本沒想過的事。我阻止他也沒用，他一點都不聽我的話。

我氣不過，抓了他一把，他的表情變得很恐怖，又吼又哭。我明明一點也不傷心，眼淚卻撲簌簌地掉下來。可是，我傷心掉淚的時候，醜臉又哈哈大笑。

不聽我使喚的不只有臉，還有兩隻手和兩隻腳（我有四隻手和四隻腳）。聽我使喚的只有右邊的兩隻手和兩隻腳，左邊的總是反抗我。

打從我懂事以來，一直有種綁手綁腳的感覺，事事都不順心。這全是因為我有那張醜臉和那雙不聽使喚的手腳。在我聽得懂人話以後，開始覺得我有兩個名字——臉長得美的叫小秀，臉長得醜的叫小吉——是件很奇怪的事。

直到助八叔告訴我原因以後，我才明白，原來助八叔他們不是殘廢，我才是殘廢。

當時我還不知道「不幸」這個字眼，但從那一刻起，我打從心底覺得自己不幸。我很傷心、很難過，在助八叔面前哇哇大哭。

「可憐的孩子，別哭了。上頭交代我只能教你們唱歌，所以我不能多嘴。說來說去，該怪你們的八字不好。你們是雙胞胎，兩個孩子在媽媽的肚子裡黏在一塊生了出來。可是，把你們切開，你們會死掉，只好這樣把你們養大。」

助八叔是這麼說的。我不懂「在媽媽的肚子裡」是什麼意思，便詢問助八叔，但是他泛著淚光，什麼也沒說。我現在仍然清楚記得「在媽媽的肚子裡」這句話，可是沒人告訴我是什麼意思，所以我完全不懂。

殘廢一定很惹人厭。除了助八叔和年嫂以外，肯定還有許多人，可是這些人從來不來看我，而我也不能出去。與其活著惹人厭，不如死掉算了。助八叔不肯告訴我什麼是死，但我在書上看過。只要做出痛得受不了的事，應該就會死。

既然他們討厭我，我也要討厭他們、憎恨他們——這陣子我開始有這種想法。以後，我要把那些和我不一樣的一般人叫成「殘廢」，寫字的時候也要這麼寫。

鋸子與鏡子

（註：這部分寫的是許多幼年時的回憶，全數省略。）

我漸漸明白助八叔是個很好的老爺爺。不過，我也知道他雖然是個很好的老爺爺，但是其他人（或許是老天爺，再不然就是那個可怕的「老爹」）交代他不可以對我好。

我（小秀和小吉都一樣）很想說話，但助八叔只肯教我唱歌。就算我難過，他也裝作不知道。我們相處的時間很長，有時候會說說話，可是每次沒說幾句，他就像是被什麼看不見的東西堵住了嘴巴，沉默下來。「白痴」米嫂說的話遠比助八叔多，可是米嫂完全不說我想聽的話。

文字、東西的名字和人的心思，大多是助八叔教我的。不過，助八叔說：「我沒什麼學問。」沒教我多少字。

有一次，助八叔拿了三本書上來說：「這些書一直擱在我的竹箱裡，連我都看不懂，我想妳大概也一樣，不過妳可以看看圖畫。我跟妳說太多話會遭殃，妳就算看不懂這些書，至少可以幫妳解解悶。」

說著，他把這三本書給了我。

這些書的名字是《小孩世界》、《太陽》和《回憶錄》。封面上大大地寫著這些字，應該是書名沒錯。《小孩世界》是本圖畫很多、很有趣的書，也最好懂；《太陽》寫了很多東西，就算是現在，我還是只看懂一半；《回憶錄》是本既悲傷又快樂的書，我常常讀，是我最喜歡的書。不過，我還是有許多地方不懂。問了助八叔以後，有的懂了，有的依然不懂。

不管是圖畫、文字或書裡寫的東西，全都是很遠很遠的地方發生的事，和我完全不同，像作夢一樣，所以懂的地方其實也不是真的懂。遙遠的世界似乎有許多東西、觀念和文字，比我知道的多上一百倍。我只知道這三本書和助八叔跟我說的些許話，所以有很多連《小孩世界》裡的小孩太郎都知道的事，我卻完全不知道。世界似乎有種叫做學校的東西，會教導小孩許多許多事。

助八叔來了約兩年以後才給我那些書，所以當時我大概是十二歲左右。收下書兩、三年後，雖然我已經反覆讀過好幾遍，還是有好多不明白的事。我問助八叔，他只有少許時候肯教我，大多時候都和啞巴年嫂一樣不回答。

等我稍微看懂書的內容，才明白什麼是真正的傷心。隨著日子一天天過去，我越來越明白殘廢有多麼可悲。

我寫的是小秀的心思。小吉的心思如果真如我猜想，和小秀完全不一樣，那麼小秀不會明白小吉的心。因為我是用小秀的手在寫。不過，就像我隱約聽得見牆壁另一頭的聲音，我也隱約懂得小吉的心思。

在我心裡，小吉遠比小秀殘廢許多。小吉不像小秀那樣會讀書，跟他說話也不像小秀那樣知道許多事。小吉只有力氣比較大。

不過，小吉心裡也很清楚自己是個殘廢。小吉和小秀說起這件事的時候從不吵架，只說傷心事。

我要寫一件最令我傷心的事。

有一次吃飯的時候，配菜是我不知道的魚。後來我問助八叔那是什麼魚，他跟我說是章魚。我問他章魚是什麼形狀，他說章魚有八隻腳，形狀很噁心。

聽了以後，我就在想，原來比起人類，我更像章魚。我有八隻手腳。雖然不知道章魚有幾顆頭，但我就像是有兩顆頭的章魚。

後來，我一直作章魚的夢。我不知道真正的章魚是什麼形狀，以為就像小一點的我一樣，所以我作了這種夢。我夢見許多這種形狀的東西在海裡走路。

不久，我開始動起把身體切成兩半的念頭。我仔細檢查過後，發現身體右半邊的臉和手腳都聽小秀使喚，但是左半邊的臉和手腳完全不聽小秀使喚。這應該是因為左半邊裡裝的是小吉的心。既然如此，只要把身體切成兩半，一個我就可以變成兩個不同的人，就像助八叔和年嫂一樣，變成小秀和小吉兩個人，各自行動、各自思考、各自睡覺。若能變成這樣，該有多麼開心啊！

如果把小秀和小吉當成不同人看待，小秀的左側屁股和小吉的右側屁股是連在一起的，只要從這裡切開，就可以變成兩個人。

有一回，小秀跟小吉提起這個主意，小吉也很開心地贊成。不過，我沒有可以拿來切割的東西。我知道鋸子和菜刀，可是從來沒看過。小吉提議用咬的，小秀說這樣行不通，但小吉還是用力撕咬，我叫了一聲，大哭起來，小吉的臉也一起哭了。受過這次疼痛，小吉學乖了，不敢再咬。

雖然學乖了，可是，只要想起殘廢的事或是吵架而傷心難過時，我又會動起切開兩人的念頭。有一次，我拜託助八叔帶把鋸子給我，助八叔問我要做什麼，我說要把自己切成兩半，助八叔聽了嚇一大跳，說這樣會死掉。我說死了也沒關係，哇哇大哭，但他還是不肯答應我。（中略）

在我看懂更多書中的內容以後，我（小秀）學會了化妝這個字眼。我以為是像《小孩世界》的圖畫裡的女孩一樣，把身體和衣服弄得美美的意思。我問助八叔，他跟我說是把頭髮綁起來，抹一種叫做白粉的粉。

我拜託助八叔帶白粉給我，助八叔笑說：「真可憐，妳畢竟還是女孩子啊。」他還說我連澡都沒洗過，沒辦法抹白粉。

我知道什麼是洗澡，可是從來沒看過。每個月年嫂都會替我在水盆放熱水（聽說她是偷偷這麼做的），搬到下頭的房間，用熱水替我擦身子。

助八叔跟我說，要化妝得有鏡子，可是助八叔沒有鏡子，不能拿給我看。

不過，因為我一再央求，助八叔便帶了一種叫做玻璃的東西來，說是可以代替鏡子。我把玻璃立在牆邊一看，我的臉比倒映在水面上時更加清楚。

小秀的臉比《小孩世界》書中圖畫裡的女孩醜多了，但是比小吉漂亮許多，也比助八叔、年嫂和米嫂漂亮。所以照過玻璃以後，小秀很開心。或許把臉洗一洗、抹上白粉，再把頭髮綁得漂漂亮亮的，就可以和圖畫裡的女孩一樣好看。

雖然沒有白粉，不過早上用清水洗臉時，我拚命搓臉想把臉洗得乾乾淨淨。我看著玻璃自己摸索，試著把頭髮綁成圖畫裡那樣。起先我綁得亂七八糟，但是漸漸地頭髮的形狀變得和圖畫裡的越來越像。我綁頭髮的時候，啞巴年嫂如果在就會幫忙。小秀變得越來越漂亮，我真的好開心、好開心。

小吉不愛照玻璃，也不愛變漂亮，只會給小秀找碴，但偶爾也會稱讚小秀漂亮。

不過，變得越漂亮，小秀就越是為了自己是殘廢而難過。即使把小秀弄得再漂亮，另一半的小吉依然醜陋，身體還是平常人的兩倍寬，衣服也髒兮兮的。把小秀的臉變漂亮，只是讓人更傷心而已。所以，我想至少也把小吉的臉弄得漂亮些，可是每當小秀用清水替小吉洗臉或是替他綁頭髮，小吉就發脾氣。小吉怎麼這麼不懂事呢？（中略）

可怕的戀情

我要寫小秀和小吉的心事。

之前我也說過，小秀和小吉共用一個身體，可是心有兩顆。如果把他們切開，就可以變成兩個人。我漸漸明白許多事，不再像從前那樣覺得他們兩個都是自己。現在我知道小秀和小吉其實是兩個人，只是屁股連在一塊而已。

我寫的幾乎都是小秀的心事。可是，如果我照實寫出來，小吉一定會生氣。小吉識的字沒有小秀多，只寫一會兒倒無妨，但他最近疑神疑鬼的，我很擔心。所以，小秀都是趁著小吉睡著的時候悄悄彎著身子寫。

我從頭寫起。小時候，因為我們是殘廢，身體不聽使喚，所以常常發脾氣、撒潑和吵架，可是心裡並不覺得難過或悲傷。

等到知道自己是殘廢以後，就算吵架，也沒有以前吵得那麼凶了，可是心裡開始產生另一種痛苦。小秀覺得殘廢很醜陋、可恨，所以自己也很醜陋、可恨，而最醜陋、最可恨的就是小吉。一想到小吉的臉和身體永遠永遠都會黏在身邊，就好討厭、好討厭，好恨、

好恨，心情變得好複雜。小吉應該也一樣。所以，他們雖然不像以前吵得那麼凶，可是在心裡吵架的次數卻是以前的好幾倍。（中略）

大約一年前，我開始清楚地感覺到我的兩半邊身體有些不同。在澡盆裡洗澡的時候最明顯。小吉長得醜，手腳力氣大，身體硬邦邦的，膚色很黑。小秀膚色白，手腳軟綿綿的，兩個圓圓的奶子鼓鼓的，還有……

很久以前助八叔跟我說過，小吉是男的，小秀是女的。直到一年前，我才漸漸明白這是什麼意思。從前《回憶錄》裡看不懂的部分，現在也大多懂了。（註：像暹羅雙胞胎那樣，連體嬰存活並非全無前例，不過這份紀錄裡主人翁的情況，在醫學上有些令人費解之處。各位聰明的讀者或許已經發現個中祕密了吧。）

因為我是兩個人黏在一塊的殘廢，所以一天要爬五、六次梯子，是一般人的兩倍……

（中略）

後來，小秀身上發生以前沒發生過的事。（中略）我嚇了一跳，以為她會死，哇哇大哭。我擔心死了，一直牢牢抓著小吉的脖子不放，直到助八叔來了，跟我解釋是怎麼一回事以後，我才放開他。

小吉身上也出現很大很大的改變。小吉的聲音變粗了，像助八叔那樣，而且小吉的心也變了許多。

小吉連手指的力氣都很大，可是他做不了細活兒，三味線也不像小秀彈得那麼好，連怎麼按弦都不知道。他唱歌時嗓門雖大，節拍卻很怪。我想，這應該是因為小吉的心很粗野，不懂得細微的事。同樣的時間，小秀能想十件事，小吉只能想一件事。不過，他想到什麼就說什麼、做什麼。

有一次，小吉說：「小秀，妳現在還想變成兩個人嗎？還想切開這裡嗎？小吉已經不想了，這樣黏在一起多開心。」他泛著淚光，臉也變紅。

不知道為什麼，當時小秀的臉也變得好燙，而我心裡有種從來不曾有過的奇怪感覺。

小吉不再欺負小秀。小秀在玻璃前化妝的時候、早上洗臉的時候、晚上打地舖的時候，他完全不找碴了，反而還會幫忙。每當要做什麼事，小吉都會說：「小吉來做就好。」他處處留意，不讓小秀累著。

小秀彈三味線、唱歌的時候，小吉也不像從前那樣胡鬧或大吼，而是一動也不動地看著小秀的嘴巴。小秀綁頭髮時也一樣，小吉總是不斷說：「小吉喜歡小秀，真的很喜歡。小秀也喜歡小吉吧？」簡直有點煩。

從前，左側的小吉手腳也常摸右側的小秀身子，但是現在的摸法不一樣。他不是粗魯地摸，而是像蟲子爬似的，輕輕地摸、輕輕地抓。被他摸到的地方會發燙，血液的聲音撲通撲通地響。

有一次，小秀在夜裡驚醒。她覺得好像有種溫熱的生物在身上爬，嚇得睜開眼睛。夜裡烏漆抹黑，什麼都看不見。小秀問：「小吉，你醒著嗎？」小吉動也沒動，沒有回話。睡在左側的小吉呼吸聲和血液聲，沿著皮肉在小秀身上迴響。

有天晚上睡覺的時候，小吉做了很過分的事。從此以後，小秀變得非常非常討厭小吉，恨不得殺了他。

當時，小秀在睡覺，突然喘不過氣。她以為自己快死了，嚇得睜開眼睛，發現小吉的臉疊在她的臉上。

小吉的嘴唇壓著小秀的嘴唇，害她喘不過氣。不過，小吉和小秀的腰黏在一起，所以身體不能重疊，光是臉要重疊就很困難。小吉扭轉身子，拚命把臉疊上來，骨頭都快斷了。小秀的胸口被他從旁邊壓得死死的，腰間的肉幾乎快被撕裂，痛苦得要死。小秀說：「不要！不要！小吉好討厭！」把小吉的臉都給抓花了，但小吉依然和平時一樣，沒和小秀吵架，默默地移開臉睡覺去了。

到了早上，小吉滿臉是傷，但小吉並沒生氣，一整天都苦著臉。（註：這名殘障者不識羞恥，又寫了許多露骨之事，已被我全數刪除。）

如果我能夠一個人睡覺、一個人起床、一個人想事情，該有多舒服啊！我好羨慕、好羨慕一般人。

至少在我讀書寫字的時候、從窗戶看海的時候，小吉的身體能夠離開我就好了。無論什麼時候，都會聽見小吉那種討厭的血液聲，聞到小吉的味道。每次身體一動，就會想起我是個可悲的殘廢。這陣子，小吉的眼睛總是亮晶晶地看著小秀，鼻息聲吵死人了，而且有股可怕的味道，我真的討厭得不得了。

有一次，小吉一邊哇哇大哭一邊說了些話。我聽完以後，覺得小吉有點可憐。

「小吉很喜歡、很喜歡小秀，可是小秀卻討厭小吉，怎麼辦？怎麼辦？但就算再惹小秀討厭，小吉和小秀也分不開。分不開，就會一直看見小秀漂亮的臉蛋，聞到小秀的香味。」他邊說邊哭。

小吉最後發了狠，不管我再怎麼說不要，還是硬要抱住小秀，但因為身體黏在一塊，最終無法如願。我看了心裡覺得很痛快，可是小吉似乎很生氣，臉上冒了許多汗，不停地大吼。

仔細想想，小秀和小吉應該都一樣，因為自己是個殘廢而傷心難過。

我要寫兩件小吉最讓人討厭的事。

這陣子，小吉幾乎每天都有……的習慣，光看就覺得噁心。我刻意不去看，可是那股討厭的味道和劇烈的動作還是會傳過來，真的討厭死了。

還有，小吉仗著力氣大，興致一來就把臉湊到小秀臉上，小秀一哭，小吉就堵住小秀的嘴巴，讓小秀發不出聲音。小吉亮晶晶的大眼和小秀的眼睛黏在一起，鼻子和嘴巴都不能呼吸，痛苦得幾乎快死了。

所以，小秀每天都一直哭。（中略）

奇妙的通信

我每天只能寫一、兩頁，寫到現在，大約過了一個月。現在已經是夏天，汗水不斷冒出來。

打從出生以來，我是頭一次寫這麼長的文章。我不擅長回憶和思考，所以很久以前的事和最近的事都寫得顛三倒四的。

接下來要寫的是我住的倉庫和牢房很像。

在《小孩世界》裡有寫到沒做壞事的人被關進牢房裡，很傷心。我不知道牢房是什麼東西，不過我覺得那和我住的倉庫很像。

我想，一般小孩應該是和爸爸、媽媽住在一起，一起吃飯、一起說話、一起玩耍。《小孩世界》裡有很多這樣的圖。只有遙遠的世界才是這樣子嗎？如果我也有爸爸、媽媽，是不是也能那樣開開心心地住在一起呢？

我問助八叔爸爸、媽媽的事，可是他不肯明白地告訴我。我拜託他讓我和可怕的「老爹」見面，他也不肯。

在我還分不清楚男女的時候，我常和小吉談起這件事。或許是因為我是個惹人厭的殘廢，爸爸和媽媽討厭我，才把我關在這個倉庫裡，不讓別人看見我的形狀。可是，書上說眼睛看不見的殘廢和啞巴的殘廢也和爸爸媽媽住在一塊。書上說殘廢的孩子比一般孩子可憐，所以爸爸媽媽對他們更好。為什麼只有我不是這樣呢？我問助八叔，助八叔含著淚說：「妳的運氣不好。」其他的事，他完全不告訴我。

想離開倉庫的心，小秀和小吉都是一樣的。但是狂拍厚得跟牆壁一樣的門直到手發疼、在助八叔和年嫂離開時鬧著要一起出去的，向來是小吉。這時候，助八叔會狠狠地摑小吉一巴掌，把我綁在柱子上。不只這樣，每次鬧著要出去，就得挨一頓餓。

所以我瞞著助八叔和年嫂，拚命思考怎麼出去。我一直和小吉討論這件事。

有一次，我想到一個方法，就是把窗户的鐵棒拆下來。我挖掘插著棒子的白土，試著鬆動鐵棒。小吉和小秀輪流挖了好久，挖到指尖都流血，好不容易把一根棒子的下端拆下來，可是馬上就被助八叔發現，一整天都不能吃飯。（中略）

一想到這樣也不行、那樣也不能離開倉庫，我就好難過、好難過，好一陣子都一直踮著腳看窗外。

大海像平時一樣閃閃發光，原野上什麼也沒有，風不斷地吹動青草，汩汩的海浪聲聽起來好悲傷。一想到大海的另一頭就是世界，我多希望能像小鳥一樣飛過去。可是，像我這樣的殘廢跑到世界去，不知道會被怎麼整治？想到這裡，我又害怕起來。

往海的另一頭望去，可以看見青山。助八叔曾說：「那是海岬，形狀就像一頭牛在睡覺。」我看過牛的圖畫，牛睡覺的時候會變成那種形狀嗎？還有，那座叫海岬的山是不是世界的邊緣？我一直凝視著遠方，視線漸漸模糊，淚水不知不覺間流下來。

沒有爸爸，沒有媽媽，被關在很像牢房的倉庫裡，打從出生以來從沒去過遼闊的外界。光是這樣的不幸，已讓我難過得恨不得去死；最近小吉又常做些好討厭、好討厭的事，有時候我會想，乾脆把小吉勒死算了。小吉死了，小秀應該也會一起死掉吧？

有一次，我真的差點把小吉勒死了，我要把這件事寫下來。

有天晚上睡覺的時候，小吉像是被撕掉半截的蜈蚣一樣翻來覆去，掙扎得很厲害，我還以為他生病了。他說他好喜歡、好喜歡小秀，壓住小秀的脖子和胸口，彎著腳把臉疊上來，好噁心。後來（中略）我噁心得都起雞皮疙瘩，好恨、好恨小吉，所以真的想殺死小吉，因而哇哇大哭地用雙手死命勒住小吉的脖子。

小吉很痛苦，比之前掙扎得更厲害。我把棉被撥開，從榻榻米的這一頭滾到另一頭。我一邊揮動四隻手和四隻腳，一邊哇哇大哭地滾來滾去，直到助八叔來把我壓住為止。

自從那一天以後，小吉變得安分些了。（中略）

我真的真的好想死、好想死。老天爺，請幫幫我。老天爺，請殺了我。（中略）

今天，窗外有聲音，我探頭一看，有人站在窗下的圍牆外，抬頭望著窗户。那是個頭很大的胖男人，他穿著《小孩世界》的圖畫裡那種奇怪的衣服，或許是遙遠世界的人。

我大聲問：「你是誰？」那個人什麼也沒説，只是盯著我瞧。他看起來像個溫和的人。我想跟他説話，可是小吉露出可怕的表情妨礙我，而且如果大聲説話，被助八叔聽見就糟了。所以我只是望著那個人，對著他笑。那個人也望著我，對著我笑。

那個人離開以後，我突然覺得好難過。我懇求老天爺讓他再次出現。

後來，我想到一個好主意。如果那個人再來，雖然我不能和他説話，但是書上有寫，遙遠世界的人會寫信，所以我打算寫些字給那個人看。那個人一定識字。看了這本簿子，知道我的不幸之後，或許他會像老天爺一樣救我。

拜託，請讓那個人再次出現。

雜記簿上的紀錄寫到這裡。

看完雜記簿後，諸戸道雄和我沉默良久，面面相覷。

我倒不是沒有聽説過暹羅兄弟這對奇妙雙胞胎的事蹟。暹羅兄弟一個叫昌，一個叫恩，兩個都是男的，是名為劍突相連連體嬰的畸形雙胞胎。這類畸形兒大多是死胎，或出生不久便死亡，但是説來不可思議，昌、恩兄弟居然活到六十三歲，雙方還各自與不同的女人結婚。更加驚人的是，他們生了二十二個健康的小孩。

然而，這樣的例子縱使放眼全世界亦極為罕見，我完全無法想像自己的國家裡居然也存在著這種可怕的雙頭生物。更何況其中一個是男的，另一個是女的。男的對女的糾纏不休，女的對男的恨之入骨。實在太不可思議了。就算是在惡夢中，也沒見過這樣的地獄。

「小秀實在是個聰明的女孩。即使再怎麼熟讀，光靠從三本書上得來的知識，竟然寫得出這麼長的感想。縱然有些用字和假名上的錯誤，還是相當了得。這個女孩甚至有些詩人的特質呢。話說回來，這種事情真的可能發生嗎？該不會是惡質的惡作劇吧？」

我忍不住詢問醫學家諸戶的意見。

「惡作劇？不，應該不是。深山木先生如此慎重保管這樣東西，必定有什麼深意。我在想，文末寫到的這個窗下之人似乎穿著西服、身材肥胖，莫非就是深山木先生？」

「啊，我也這麼想。」

「若是如此，深山木先生死前前往的，必然就是關著這對雙胞胎的土倉所在的地方。非但如此，深山木先生一定不只一次出現在土倉的窗下。倘若他沒有出現第二次，雙胞胎就不會把這本雜記簿從窗戶丟下來了。」

「這麼說來，深山木大哥旅行歸來時，曾跟我說他看見可怕的景象，指的就是這對雙胞胎囉？」

「哦？他這麼說過？那鐵定錯不了。深山木先生一定握有我們不知道的線索，不然怎麼會找上這個地方？」

「話說回來，他看見如此可憐的殘障者，怎麼沒把他們救出來？」

「這我就不明白了。或許是認為敵人太棘手，不可貿然行事，所以才先回家一趟，打算做好準備再返回。」

「你指的是把這對雙胞胎關起來的人吧？」

此時，我突然察覺一件事，驚訝地說道：

「啊，有個不可思議的共同點。死去的小雜技師友之助，曾說過會挨『老爹』的罵，對吧？這本雜記簿裡也有提到『老爹』，兩邊聽起來都是壞人。或許這個『老爹』就是真凶？這麼一想，這對雙胞胎和這次的凶殺案就連結起來了。」

「沒錯，你也察覺了。不過，還不只如此。仔細閱讀這本雜記簿，會發現裡頭提到了許多事實，十分駭人。」諸戶露出打從心底恐懼的表情。「如果我的想像無誤，和整件事的邪惡程度相比，殺害初代小姐根本只是小兒科而已。你似乎還沒察覺，其實這對雙胞胎身上藏著世人無法想像的可怕祕密。」

我不清楚諸戶在想什麼，但接連冒出的詭異事實讓我感受到一股深不可測的恐怖。諸戶臉色發青，若有所思。他的模樣宛若在窺視自己的內心深處一般。我也一面把玩雜記簿，一面沉思。想著想著，我聯想到一件驚人的事，猛省過來。

「諸戶大哥，太詭異了，我又發現一個不可思議的共同點。這件事我還沒跟你說過，所以你不知道。初代曾經跟我提過她被拋棄之前，大概兩、三歲時的回憶。那是一片荒涼冷清的海邊，有座宛若古城的奇特宅院，初代在斷崖海岸上和剛出生的嬰兒一起玩耍。她說那幅景色就像夢境一樣，留在她的記憶裡。當時，我摹想這幅景色，畫下來給初代看，她說我畫得一模一樣，我便把畫給收藏起來。後來，我拿給深山木大哥看，忘記要回來。不過，我記得很清楚，現在還畫得出來。

我所說的不可思議共同點，就是初代曾說大海的遙遠彼端可以望見一片陸地，看起來像是一頭牛在睡覺。而這本雜記簿上也有寫到，可以從土倉的窗戶看見海，另一頭是海岬，形狀像一頭牛在睡覺。形狀像頭牛在睡覺的海岬很常見，或許只是巧合，但無論是海岸的荒涼景象或是海岬的形容法，這篇文章都和初代說的一模一樣。藏著密語的族譜是初代的，試圖偷走族譜的竊賊和這對雙胞胎似乎有關係，而初代也和雙胞胎一樣看過牛形陸地。照這樣判斷，似乎是同一個地方。」

我話才說到一半，諸戶便像撞鬼似地露出一種異樣的恐怖表情。待我把話說完，他又焦急地催促我當場畫出海岸景色給他看。我拿出鉛筆和手冊，大略畫下摹想圖之後，他一把搶過去，盯著圖畫好長一段時間。後來，他搖搖晃晃地站起來，一面收拾物品一面說道：

「我現在腦袋一片混亂，理不出頭緒，先回去了。明天你來我家一趟，有件事我在這裡不敢說。」

說完，他宛若忘記我的存在，連聲招呼也沒打，便踉踉蹌蹌地下樓離去。

我無法理解諸戶的反常舉止，被獨自留在房中，發愣了片刻。由於諸戶叫我「明天過來，到時再說個明白」，因此我只能回家等候。

不過，連前來神田的路上，我都是用舊報紙包著乃木大將半身像，小心翼翼地帶進這間屋子裡，現在要把封在裡頭的兩件重要物品帶回家，必然非常危險。即使實際上我並未感受到多大的威脅，但死去的深山木和諸戶都說竊賊為了得到這樣物品，甚至不惜殺人。如今諸戶居然完全沒有交代該如何處置這樣物品，便失魂落魄地離去，想必有什麼隱情。於是，我左思右想，認為竊賊應該不至於找上這間餐廳的二樓，便把兩本書塞進掛在橫木上的老舊匾額裂縫裡，確定乍看之下看不出來後，便若無其事地打道回府。（不過，事後才知道這個讓我略微沾沾自喜的即興藏書處，其實一點也不安全。）

北川刑警與侏儒

隔天中午拜訪諸戶之前，我這兒並沒有值得特書一筆的事。我想利用這個空檔，以不同的筆法記錄一位姓北川的刑警苦心查案的過程。這段故事並非我直接見聞，而是在很久以後從本人口中聽說的。就時間上而言，大約是發生在這個時候。

北川先生是池袋署的刑警，負責偵辦前幾天發生的友之助凶殺案。他的思考模式有別於其他警察，不但認真看待諸戶對於本案的看法，還徵得署長的許可，在警視廳撤除人手之後，依然持之以恆地跟監尾崎馬戲團（就是在鶯谷演出、友之助隸屬的馬戲團），進行艱難的調查工作。

當時，尾崎馬戲團逃也似地離開鶯谷，遠赴靜岡縣的某個城鎮表演。北川刑警和馬戲團一同前往該地，偽裝成窮苦的勞工調查了約一星期。雖說是一星期，由於搬遷和搭建小屋就花了四、五天，所以直到兩、三天前才開始攬客。北川先生化身為臨時工，幫忙搭建小屋，並與團員套交情。照理說，倘若團員藏有什麼祕密，北川先生早該察覺了，然而說來不可思議，居然連半條線索也沒找到。「友之助在七月五日去過鎌倉嗎？」「當時是誰帶他去的？」「友之助背後有沒有一個年約八十歲的駝背老人？」他向每個人不著痕跡地打聽這類問題，可是人人都說不知道，而且看來不像說謊。

馬戲團裡有個小丑是侏儒，雖已年屆三十，個子卻和七、八歲的小孩一樣高，臉龐則比實際年紀更為蒼老，是個陰森可怖的殘廢，也是常見的低能兒。起初，北川先生將這個人屏除在外，既不跟他套交情，也沒向他打聽消息。然而，隨著日子一天天過去，北川先生發現這個侏儒雖是個低能兒，卻多疑善妒，有時甚至會用常人望塵莫及的手段惡整旁人，或許他的低能只是偽裝出來的保護色也說不定。於是，北川先生耐心地攏絡這個侏儒，等到時機成熟，便在某天提出下列問題。我要插進這個段落裡的，就是這段奇妙的問答。

那是個滿天星斗的晴朗夜晚。當時表演已經散場，眾人收拾完畢。侏儒沒有聊天伴兒，便獨自走到帳篷外乘涼。北川先生沒放過這個好機會，走到他的身旁，在昏暗的野外閒聊起來。話題從無聊的閒談，漸漸轉移到深山木遇害那一天的事。北川先生謊稱自己當天曾在鶯谷觀賞馬戲團表演，並胡謅了一些當時的感想之後，便帶入正題：

「那一天有表演足技。友之助，就是那個在池袋遇害的小孩，我看見他鑽進壺裡，被人用腳轉啊轉的。那孩子真的很可憐。」

「嗯，友之助啊？那孩子是很可憐，終究還是被做掉了。嚇死人啦，嚇死人！不過，老哥，你說友之助那天有表演足技，應該是你記錯了。別看俺這副德行，俺的記性很好。那一天友之助不在小屋裡。」

侏儒用不知是哪個地方的腔調，滔滔不絕地說道。

「我敢跟你賭一千圓，我真的看到了。」

「不對、不對，老哥，你搞錯日期啦！七月五日很特別，俺記得很清楚。」

「我怎麼可能搞錯？不就是七月的第一個禮拜日嗎？你才搞錯日期了吧？」

「不對、不對。」

侏儒似乎在黑暗中扮了個鬼臉。

「友之助當天是生病了嗎？」

「那小子哪會生病啊？是老大的朋友過來，把他帶走了。」

「老大就是老爹吧？」

北川先生仍然記得友之助提到的「老爹」，便試探性地問道。

「咦？什麼？」侏儒突然露出十分恐懼的神色。「你怎麼認識老爹？」

「我不認識啊。是個八十來歲、彎腰駝背、老態龍鍾的老爺爺吧？你們的老大不就是這個人嗎？」

「不是、不是，老大才不是老頭子呢！腰也沒彎。原來你根本沒看過啊？老大不常來小屋，他是個三十歲的年輕人，背駝得很厲害。」

北川先生暗想：原來是駝子啊！或許就是因為如此，看起來才像個老人。

「他就是老爹？」

「不是、不是，老爹怎麼會跑來這裡？他在很遠的地方。老大和老爹是不同人。」

「不同人？那老爹到底是誰？是你們的什麼人？」

「俺也不知道，老爹就是老爹。他和老大長得一模一樣，而且同樣是駝子，說不定是父子。哎，俺不說啦！老爹的事不能亂講。你或許不要緊，但要是被老爹知道，俺可就有苦頭吃了，又會被扔進箱子裡。」

聽了箱子二字，北川先生聯想到的是某種現代刑具，其實這是他的誤會。事後才知道，侏儒所說的「箱子」是比這種刑具恐怖數倍的東西。此事先不提，總之，北川先生見對手遠比想像中的好應付，套話也進行得很順利，便滿心歡喜地繼續發問。

「所以簡單地說，七月五日來帶走友之助的不是老爹，而是老大的朋友吧。他們去哪裡？你有聽說嗎？」

「阿友和俺交情很好，他偷偷告訴俺，說他跑去景色很漂亮的海邊玩沙、游泳。」

「是鎌倉嗎？」

「對對對，就是鎌倉。阿友那小子是老大的愛將，常有甜頭可吃。」

聽到這兒，北川先生不得不相信諸戶那番匪夷所思的推理——直接下手殺害初代和深山木的是友之助——其實八九不離十。不過，貿然行動並非上策。他固然可以逮捕老大，逼他吐露實情，但這麼做說不定會讓真凶逃之夭夭。在逮捕之前，必須先深入研究幕後的「老爹」這號人物，因為真凶說不定就是「老爹」。再說，這件案子也許並非單純的凶殺案，而是更為複雜、更為可怕的犯罪案件。北川先生是個野心勃勃的人，在親手查明全貌之前，他不打算向署長報告。

「你剛才說會被扔進箱子裡，是什麼箱子啊？有那麼可怕嗎？」

「嚇死人了、嚇死人了，那是你們不知道的地獄。你看過人類裝箱嗎？整隻手腳都麻了。像俺這樣的殘廢，都是裝箱弄出來的。哈哈哈哈哈！」

侏儒說出這番神祕的話語，露出令人發毛的笑容。他雖然是個白痴，但似乎仍保有些許正常心智。無論北川先生如何追問，他都只是打哈哈，不肯明白答覆。

「你那麼怕老爹啊？真沒出息。話說回來，你說老爹在很遠的地方，到底在哪裡？」

「就是很遠的地方。俺忘了在哪，總之很遠很遠，在大海的另一頭。那是地獄、是鬼島，俺光是回想起來就渾身發毛。嚇死人了，嚇死人了。」

如此這般，當晚，任憑北川先生費盡唇舌，依然無法得到更進一步的資訊。不過，能夠確定自己的推測並沒有錯，已經讓他心滿意足了。接著幾天，北川先生更加耐心地攏絡侏儒，等待對方卸下心防，告訴他更多細節。

這段時間內，北川先生漸漸明白「老爹」這個人物有多麼深不可測且可怕，以及侏儒和友之助如此畏懼他的理由。侏儒的言詞含糊，北川先生難以掌握「老爹」的確切形貌，不過，侏儒的話語和表情隱約給人一種印象：「老爹」不是人類，而是種可怕的野獸，傳說中的鬼怪指的就是這種生物。

還有「箱子」的意思，北川先生也隱約明白了。雖然只是想像，但是當這種想像成形時，饒是北川先生這等鐵漢，也不禁嚇得渾身打顫。

「俺自出生以來就一直裝在箱子裡，動彈不得，什麼事都不能做，只能把頭伸出箱子等人餵俺吃飯。俺連人帶箱搭船來到大阪以後，才離開箱子。那是俺出生以來頭一次被放到廣闊的地方，嚇得俺都縮起來啦。」

有一回，侏儒這麼說，並像個剛出生的嬰兒一樣把短短的手腳縮起來。

「不過，這件事俺只告訴你，你可別說出去啊！要是你說出去，就有你的苦頭吃了。到時候你被裝進箱子裡，俺可幫不了你。」

侏儒一臉恐懼地補上這麼一句。北川刑警不依靠警察的公權力，使用對方渾然不覺的溫和手段查出「老爹」的真實身分，與某座島上匪夷所思的犯罪案件，是在十幾天後的事。待故事繼續進展，讀者自然會明白。在這裡，我僅止於告知讀者，警方也有位熱心的刑警，費盡千辛萬苦從馬戲團方面著手查案。

接下來，我把話題拉回來，繼續描述諸戶和我之後的行動。

諸戶道雄的告白

在神田的西餐廳二樓讀完駭人日記的隔天，我遵照約定，拜訪位於池袋的諸戶家。諸戶似乎也等候著我的到來，書生立刻帶我前往之前的會客室。

諸戶把房裡的所有門窗都打開，說道：「這樣就不能偷聽了。」待他坐下之後，便鐵青著臉，低聲道出他的奇妙身世。

「我從來沒跟任何人提過我的身世。老實說，連我自己都不太明白。至於為何不明白，我只告訴你一個人。我希望你能幫忙釐清我可怕的疑慮，這麼做也等於是追查初代小姐和深山木先生的仇人。

這些日子，你一定很懷疑我的居心吧。比方說，為何我如此熱衷於調查這次的案子？為何我會成為你的情敵，向初代小姐求婚——雖然我的確是因為愛慕你而阻撓你的戀情，但這不是唯一的理由，還有更深的原因——為何我討厭女人，執著於男人？還有，為何我修習醫學，在這個研究室裡進行怪異的研究？只要聽完我的身世，這些疑惑就能解開。

我完全不知道自己在哪裡出生、是誰家的孩子。有人養育我、替我付學費，但我不知道這個人是不是我的父母。至少我不認為這個人是出於父母心而愛護著我。打從懂事以來，我就住在紀州的某座離島。那是個荒涼的村落，只有二、三十戶漁家零星分布。我家像城堡一樣大，可是非常破舊。家裡有對自稱是我父母的人，但他們顯然不是我的父母。他們長得和我完全不像，兩人都是醜陋的殘廢駝子，而且一點也不愛我。由於屋子很大，即使住在同一個屋簷下，我也鮮少和父親碰面。他十分嚴格，不管我做什麼事都會挨他的罵，並受到嚴厲的處罰。

島上沒有學校，按照規定，小孩子必須前往兩里外對岸鎮上的小學讀書，但是沒有人大老遠地通學，所以我並未接受小學教育。不過，家裡有個親切的老爺爺教我讀書識字。我身在那種家庭，讀書成了為數不多的樂趣，稍微識字以後就讀遍家裡的書；有時候到鎮上，也會順便去書店買各類書籍回來。

十三歲那年，我鼓起莫大的勇氣，請求可怕的父親讓我上學。父親知道我喜歡讀書，也認同我天資聰穎，所以聽完我的懇求之後，沒有劈頭罵我一頓，而是說他會考慮。過了一個月，他總算答應，卻開出一些古怪的條件。首先，既然要上學，就得去東京讀書，而且必須讀到大學才行。為此，我得先寄宿在東京的朋友家裡，為上初中做準備。若能順利入學，之後得一直住宿或租房子生活。這對我而言，是求之不得的條件。父親和一個姓松山的東京朋友商量，那個人回信表示願意收留我。第二個條件是我在大學畢業之前，都不可返鄉。雖然覺得這個條件有點古怪，但是我對於冷漠的家庭和殘廢的父母沒有任何眷戀，所以絲毫不以為苦。第三個條件是必須學醫，至於要攻讀哪方面的醫學，會在我上大學之前給我指示，倘若我違背指示，便會立刻停止資助學費。這對於當時的我而言，並不是什麼討厭的條件。

然而，隨著年紀增長，我逐漸明白第二和第三個條件隱含著非常可怕的意義。第二個條件要求我在大學畢業之前不得返鄉，必然是因為我家藏有某種祕密，擔心被長大成人的我發現。我家是座宛若荒涼古城的建築物，有許多沒有日照的陰暗房間，彷彿隱藏著什麼恐怖的因果故事。非但如此，還有好幾個打不開的房間，房門總是牢牢上鎖，完全不知道裡頭是什麼。庭院裡有座大土倉，一樣是一年到頭都關著。當時我年紀雖小，卻也感覺得出這個家裡隱藏著某種可怕的祕密。還有，我的家人除了親切的老爺爺以外，全都是殘廢，這點也令我發毛。除了駝背的父母以外，另有四個不知道是傭人還是食客的男女，他們不約而同地全是殘廢，一個是盲人，一個是啞巴，一個是手腳只有兩隻指頭的低能兒，一個是連站都站不起來、像水母一樣沒有骨頭的人。和剛才提到的打不開的房間湊在一塊，給我一種難以言喻、毛骨悚然的不快感。我這種不能承歡膝下反而感到慶幸的心情，你應該能夠體會吧？而父母為了不讓我發現祕密，刻意疏遠我。我雖然在這種家庭長大，卻是個非常敏感的孩子，這一點應該是讓父母對我產生戒心的原因之一。

然而，更加可怕的是第三個條件。我順利進入大學攻讀醫學之後，從前供我寄宿的松山便來到我的租屋處，聲稱是故鄉的父親託他前來的。松山帶我前往某間餐廳，對我說教一整晚。他帶著一封父親寫的長信，並照著那封信發表意見。簡單地說，他要我不必當個普通醫生賺錢，也不必成為聞名遐邇的學者，而是希望我從事更為重大的研究，對外科醫學的進步貢獻一份心力。當時世界大戰剛結束，外科醫學方面不時出現驚人的成就，比如靠著皮膚或骨頭移植，將體無完膚的傷兵變回完整的人類；或是切開頭蓋骨進行腦髓手術，成功移植部分腦髓等等。而他要我從事的就是這方面的研究。這是因為我的父母是不幸的殘障者，更能深刻體會這方面的需求。其中也參雜一些外行人的想法，比如將真正的手腳移植到缺手缺腳的殘廢身上，讓他們可以不再依賴義肢，成為完整的人類。

這不是什麼壞事，況且一旦拒絕，我的學費就沒有著落，所以我想也不想便答應，而我那被詛咒的研究就這麼展開了。修習完所有基礎學科之後，我開始投入動物實驗，摧殘老鼠、貓、狗等動物，用銳利的手術刀切割那些大聲哀號、痛苦掙扎的動物。我的研究主要屬於活體解剖範疇，必須在動物活著的狀態之下解剖牠們。就這樣，我成功製造許多殘廢的動物。曾有一位名叫杭特的學者，將雞的後爪移植到母牛的脖子上；阿爾及利亞著名的『犀牛般的老鼠』，即是把老鼠的尾巴移植到老鼠的嘴上。我也進行過許多類似的實驗。我曾經切斷青蛙的腳，接上其他青蛙的腳，也曾經試著製造雙頭天竺鼠。為了更換腦髓，我不知白白犧牲了幾隻兔子的生命。

我的研究本來是該用來造福人類，但是反過來想，卻也製造出許多荒謬的殘廢動物。最可怕的是，我在製造殘廢這件事上感受到一股不可思議的魅力。每當動物實驗成功，我會得意洋洋地寫信向父親報告，而父親也會洋洋灑灑地寫信激勵我，恭賀我的成功。大學畢業以後，父親又像剛才所說的一樣，透過松山替我建造這間研究室，每個月都寄給我許多錢當作研究費用。不過，父親完全不想見我。畢業以後，他依然堅守先前的條件，不准我返鄉，而他也不來東京看我。因此，我總覺得父親這種看似親切的舉止，絲毫不是出於對孩子的愛。不，不只如此，我甚至猜想父親懷有某種慘無人道的企圖，並為此顫慄不已。父親根本是不敢見我。

我之所以認為我的父母並非親生父母，還有其他理由。這是關於自稱是我母親的女人。這個醜陋至極的女駝子，根本沒把我當兒子看待，而是當成一個男性愛著我。提起這件事不但令我無地自容，而且使我作嘔。自從我年滿十歲以後，我便不斷受到母親折磨。那張宛如妖怪的大臉撲到我身上，舔遍我全身。就算到現在，只要一想起那張嘴唇的觸感，我就毛骨悚然。每當我感受到一股發癢的不快感，睜開眼睛就會發現母親不知幾時間睡在我的床上，對我說：『乖孩子，聽話。』並對我做出一些我實在說不出口的要求。我看過她的各種醜態，這種難以承受的痛苦整整持續三年。我之所以樂意離家，一半便是出於這個理由。我看過女人的所有醜惡面，所以不只母親，任何女人都讓我覺得骯髒、覺得可恨。你也知道我的性向倒錯，我想應該就是這件事造成的。

還有，你聽了或許會大吃一驚，其實我向初代小姐求婚，是出於父母之命。早在你和初代小姐相戀之前，父母便已經命令我和一個名叫木崎初代的女人結婚。父親寄過信給我，也常派松山來找我。雖說是巧合，但實在是種不可思議的因緣。不過，就像剛才所說的，我憎恨所有女人，根本無意和女人結婚。雖然父親威脅要和我斷絕父子關係、切斷金援，但我還是設法拖延，沒有去提親。然而，不久後我得知你和初代小姐的關係又改變心意，為了妨礙你們而聽從父親的命令。我前往松山家，表明我的決心，請他幫我求親。之後的事，你也都知道了。

聽了我現在說出的這些事實，或許你能導出某個可怕的結論。憑我們目前所知的訊息，要理出一些脈絡也不是不可能。不過，在昨天閱讀那對雙胞胎的日記，以及聽你談起初代小姐的兒時回憶之前，任憑我再怎麼會瞎猜，也聯想不到這上頭去。啊，真是太可怕了。昨天你畫給我看的荒涼海岸景色，對我造成莫大的打擊。海岸上那座宛若城堡的宅院，正是我十三歲以前成長居住的可恨故鄉。

我們三人所見的景色實在太過一致，難以用多心或巧合來解釋。初代小姐看見了形狀宛如一頭牛在睡覺的海岬，看見了城堡般的廢屋，看見了牆壁剝落的大土倉。雙胞胎也看見了牛形海岬，而他們就住在大土倉裡。這些都和我生長的故鄉景色完全一致。非但如此，我們三人在其他方面也有著不可思議的關聯。父親逼我和初代小姐結婚，可見他一定認識初代小姐。而追查初代小姐命案凶手的深山木先生擁有雙胞胎的日記，可見初代小姐的命案與雙胞胎之間，一定有某種直接或間接的關聯。不僅如此，這對雙胞胎顯然是住在我父親家裡。換句話說，我們三人（其中一人是雙胞胎，所以正確說來是四人）都只是被看不見的惡魔之手操縱的可悲人偶。若做個可怕的揣測，或許這隻惡魔之手的主人，就是自稱我父親的人。」

說著，諸戶露出充滿恐懼的表情，活像聽了鬼故事的小孩般悄悄地回頭窺探背後。我仍然不明白他所說的結論究竟有多麼可怕，但是從他怪誕離奇的身世和說話時的異樣表情，我感受到一股不尋常的妖氣。此時明明正值晴朗的夏天正午，我卻感到一陣寒氣，全身都起雞皮疙瘩。

惡魔的真面目

諸戶又繼續述說，悶熱的天氣和異常的亢奮令我汗流浹背。

「你能夠想像我現在的心情有多麼複雜嗎？我的父親或許是個殺人犯，而且是一再殺人的殺人狂。哈哈哈哈哈，天底下居然有這種怪事！」

諸戶發狂似地大笑。

「雖然我還不太明白，但或許這只是你的想像而已啊！」

我說這話並非出於安慰之意，而是真的難以相信諸戶的話。

「雖然是想像，但是只有這個可能。父親為何逼我和初代小姐結婚？是因為這麼一來，初代小姐的東西就變成我這個丈夫的。換句話說，是因為族譜就會落到自己的兒子手上。不僅如此，我還可以繼續揣測。光是把族譜封面裡的密語弄到手，父親是不會滿足的。如果那段密語真的是用來指示寶藏的下落，就算寶藏得手，真正的所有權人依然是初代小姐，要是日後東窗事發，這些財寶或許會被討回去。不過，如果我和初代小姐結婚，就用不著擔心，財寶和所有權都成了父親家的東西。父親應該是這麼想的吧？除此之外，無法解釋他為何如此積極地要求我去提親。」
「可是，他怎麼知道密語在初代手上？」
「這一點我也還想不通。不過，從初代小姐記憶中的海岸景色推測，我家和初代小姐必定有某種淵源，說不定父親認識小時候的初代小姐。後來，初代小姐三歲時被丟棄在大阪，或許父親直到最近才得知她的下落。這麼一想，父親知道密語在初代小姐手上也很合理。
哎，你先聽我說完吧。之後，我用盡手段求親，雖然成功說動初代小姐的母親，卻無法讓初代小姐點頭，因為初代小姐已經把身心都獻給你。明白這一點的不久後，初代小姐便遇害，手提袋也被偷走。這是為什麼？手提袋裡是否裝著其他重要物品？誰會為了偷一個月的薪水，如此大費周章地殺人？其實目的是那本族譜，是藏在族譜中的密語。同時，這也是個計畫周密的犯罪——既然求親失敗，便把初代小姐殺了，斬草除根、永絕後患。」
聽了這番話，我不得不相信諸戶的看法。同時，一想像擁有如此父親的諸戶有何感受，我壓根兒不知道該說什麼話來安慰他才好。
諸戶宛若熱病患者一般，恍恍惚惚地繼續說道：
「殺害深山木先生，也是基於一不做、二不休的心態。深山木先生擁有驚人的偵探才能，這樣的名偵探不僅得到族譜，還千里迢迢地跑到紀州邊緣的孤島，絕不能置之不理。為了阻撓深山木先生查案，同時為了得到族譜，不能讓他活命——凶手（啊，就是我的父親）

定然是這麼想的。於是，待深山木先生暫且回到鎌倉之後，凶手便和殺害初代小姐那時候一樣，用巧妙的手法在光天化日之下犯下第二起凶殺案。至於為何沒趁著深山木先生在島上時殺了他？或許是因為我的父親當時人在東京。蓑浦，我的父親或許正瞞著我藏身於東京的某個角落。」

話一說完，諸戶猛省過來，起身走向窗邊，環視外頭的樹叢，彷彿他的父親就蹲在眼前的樹叢後方。然而，灰濛濛的盛夏庭院中沒有半點風吹草動，就連聒噪的夏蟬也像是絕跡一般，萬籟無聲。

「至於我為何這麼想……」諸戶回到座位上，繼續說道：「友之助被殺的那一晚，你不是說來這裡的路上，看到一個彎腰駝背的可怕老爺爺嗎？還說那個老爺爺走進我的家門，或許就是他殺了友之助。我的父親已經上了年紀，或許腰也變彎；就算沒有，他本來就是個背駝得很厲害的駝子，走起路來也許真如你所形容，像個八十歲的老人。如果那個老人真是我的父親，代表他打從在初代小姐的家門前徘徊時，便已經在東京了。」

諸戶宛若在求救似的，眼睛骨碌碌地轉動，又突然靜默下來。我也一樣，千言萬語不知從何說起，只能默不作聲。漫長的沉默持續著。

片刻過後，諸戶低聲說道：

「我下定決心了。」

「昨天我考慮了一整晚，決定回去睽違十年的故鄉一趟。從和歌山南端的K港口搭船往西約五里遠的海岸，有個人煙稀少的荒涼小島，俗稱岩屋島。那就是我的故鄉，也是從前初代小姐曾經居住過、現在關著那對怪異雙胞胎的孤島。傳說那裡從前是倭寇的根據地，我之所以懷疑密語是暗示藏寶地點，也是因為故鄉有這樣的傳說。雖然父母的家在那裡，但我原本打算永遠不再回去。光是想到那座廢墟般的昏暗宅院，我就有種難以言喻的感覺，像是落寞、像是害怕，又像是厭惡。不過，我現在決定要回去。」

諸戶露出沉重的決心之色。

「現在的我只剩下這條路可走。懷著這種可怕的疑慮，我連一天都按捺不住。待父親回到島上，不，或許他早已回去了，我要當面向他問個清楚。不過，我光想就害怕。倘若真如我的猜想，父親就是那個凶惡殘忍的凶手，啊，我該怎麼辦？我身為殺人凶手之子，被殺人凶手扶養長大，靠著殺人凶手的資助讀書，住在殺人凶手建造的房子裡……對，如果父親真是凶手，我要勸他自首。無論如何，我都得說服他。如果說服不了，我就毀滅一切，斷絕惡孽的血脈。只要和駝子父親同歸於盡，就可以了結一切。

不過在那之前，有件事必須先完成，就是尋找族譜的正主。族譜的密語已經讓三個人喪失性命，那一定具備莫大的價值，我有義務把它交到初代小姐的親人手上。為了替父親贖罪，我有責任找出初代小姐真正的親人，讓他們過好日子。只要回到岩屋島，應該可以找到線索。無論如何，我已經下定決心，明天就要離開東京。蓑浦，你覺得如何？或許我有些亢奮過度，你能不能用局外人的冷靜頭腦，替我判斷這番想法是否恰當？」

諸戶說我是「冷靜的局外人」，但我一點也不冷靜，神經質的我甚至比諸戶更亢奮。聽完諸戶的異樣告白，我固然同情他，然而隨著初代的仇人漸漸現形，我又想起近來因雜事纏身而遺忘的情人的悲慘死狀。

獨一無二的瑰寶被奪的恨意化為火焰，在我心中熊熊燃燒。

我並未忘記在初代撿骨的那一天，我在火葬場旁的原野吃著初代的骨灰，滿地打滾、誓言復仇之事。倘若真如諸戶所推測，他的父親是真凶，那我不但要他的父親嘗嘗我所受的椎心之痛，還要吃他的肉、啃他的骨，方能洩我心頭之恨。

仔細想想，有個殺人犯父親的諸戶固然不幸，但得知情人的仇人竟是好友的父親，而這個好友還對我懷有超乎友誼的愛戀與好意，這樣的我，立場其實也相當詭異。

「請你帶我一起去。就算被公司開除，我也不在乎。旅費我會想辦法籌措，請你帶我一起去。」

我下定決心如此叫道。

「這麼說來，你也認為我的想法沒錯囉？不過，你是為了什麼而去？」

諸戶滿腦子都是自己的事，沒有多餘心思揣測我的心情。

「和你一樣，為了確認初代的仇人是誰，還有，找出初代的親人歸還族譜。」

「如果確定初代小姐的仇人就是我的父親，你打算怎麼辦？」

面對這個問題，我不知該如何回答。不過，我不願意說謊，所以便狠下心來說出真實的想法。

「如果確定，我會和你分道揚鑣，然後……」

「效法古人報仇？」

「我還沒想清楚，不過，我現在恨不得吃仇人的肉。」

聞言，諸戶靜默不語，用可怕的眼神凝視著我。然而，他的表情隨即緩和下來，開朗地說道：

「好，那就一起去吧！如果我的猜測無誤，對你而言，我就是仇人之子；就算不是，讓你看見我那些半人半鬼的家人，也夠難堪了。我對父母完全感受不到親情，甚至心懷恨意。如果你允許，為了你深愛的初代小姐，別說是父母，要我賠上自己的性命也在所不惜。蓑浦，一起去吧！讓我們合力找出島上的祕密。」

說著，諸戶眨了眨眼，用僵硬的動作握住我的手，如同古人「義結金蘭」那樣，他使勁握緊我的手，像孩子般紅了眼眶。

如此這般，我們決定啟程前往諸戶的故鄉——紀州邊緣的孤島。

在這裡，我必須稍微補充一段話。

雖然當時諸戶沒有說出來，但事後回想，他對父親的恨意其實帶有更深的含意。那是比各種犯罪都更加可怕、更加可恨，禽獸不如，只存在於地獄的惡魔行徑。饒是諸戶，也不敢提起這一點。

然而，當時我脆弱的心已經被三重殺人事件這個血淋淋的事實弄得疲憊不堪，沒有多餘的心思能思考更加邪惡的罪行。綜合目前的所有事實，我理當察覺的，但是說來不可思議，我竟渾然不覺。

岩屋島

計議完畢之後，我們首先擔憂的就是藏在神田西餐廳二樓匾額裡的族譜和雙胞胎日記。

「不管是日記或族譜，留在我們手上都非常危險。只要把密語背起來，其他部分並沒有價值，不如把這兩本書一併燒了。」

諸戶在駛向神田的車子裡提出這番意見，想當然耳，我也贊成。

然而，爬上西餐廳二樓，把手伸進記憶中的匾額裂縫裡一探，居然空空如也，什麼都摸不著。詢問樓下的人，每個都說不知道。他們說打從昨天以來，根本沒人進過這個房間。

「我們被擺了一道。原來對方一直在監視我們的一舉一動，虧我那麼小心留意。」

諸戶對於竊賊的手段讚嘆不已。

「話說回來，既然密語已經落入敵人手裡，現在一刻也拖不得。」

「明天立刻出發。事到如今，除了直搗黃龍以外，別無他法。」

隔天，令人難忘的大正十四年八月十九日，我們以南海孤島為目標，展開這段不可思議的旅程。

諸戶只說要出去旅行，交代書生與婆婆看家；我則是以調養精神為由，聲稱要和返鄉探親的朋友一起回鄉下，向公司請假，也徵得家人的同意。當時是八月底，正值暑假期間，家人和公司並未對我的說法起疑，「和返鄉探親的朋友一起回鄉下」也是事實。話說回來，這是多麼不可思議的返鄉探親啊！諸戶回到父親身邊並非為了省親，而是為了對抗父親，審判父親的罪孽。

我們搭乘火車前往志州的鳥羽，又從鳥羽搭乘渡輪前往紀伊的K港。接下來沒有渡輪，只能拜託漁夫載我們一程。雖說是渡輪，但不是現在這種三千噸的氣派輪船，當時只有兩、三百噸的破舊汽船，乘客也不多，一離開鳥羽，便宛若身在異鄉，令人忐忑不安。搭了一整天的破舊汽船，好不容易抵達K港，港口本身卻只是個荒涼的漁村。之後我們又花費將近半天，搭乘語言不通的漁夫划的小船，沿著無人居住的斷崖海岸划了兩里才抵達岩屋島。

一路上平安無事，我們在七月二十一日的中午登上中繼點K港。

棧橋即是魚市場的卸貨處，四處可見狀如魚雷的鰹魚和剖腹露腸、開始腐爛的鯊魚，潮水味與腐肉味撲鼻而來。

走上棧橋，有間掛著旅館料理招牌、店門前有扇顯眼紙門的骯髒旅社。我們走進這間店，享用新鮮的鰹魚生魚片當午餐，並攔住旅社老闆娘，請她幫我們張羅渡船，還有打聽岩屋島的消息。

「岩屋島啊？離這裡很近，可是我沒去過呢。那個地方陰森森的，除了諸戶宅院以外，大概只有六、七戶漁家吧？島上盡是岩石，沒什麼看頭。」

老闆娘用難懂的腔調如此說道。

「妳有沒有聽說過諸戶宅院的老爺最近去了東京的風聲？」

「沒聽說過。諸戶宅院的駝子老爺要是在這兒搭船，我鐵定一眼就認出來，不會看漏的。不過，駝子老爺自個兒有帆船，愛上哪兒就上哪兒，搞不好趁著我們沒注意的時候去了東京呢。你們認識諸戶宅院的老爺啊？」

「不，倒也不是，只是想去岩屋島看看，不知道有沒有人肯載我們過去？」

「這個嘛，今天天氣很好，大夥都去捕魚了。」

然而，在我們一再央求之下，她四處詢問，最後幫我們僱了個上年紀的漁夫。之後，我們和漁夫談價碼，等到他準備妥當、可以上船時，已經過了將近一個小時。鄉下地方就是這麼慢條斯理的。

我們搭乘的是一種叫豬牙舟的小釣船，勉強可容納兩個人。「這船牢固嗎？」為了安全起見，我們如此詢問，老漁夫笑道：「甭擔心。」

沿岸的景色與一般半島無異，綠意盎然的森林環繞著陡峭的斷崖崖頂，山與海彷彿連成一線。說來萬幸，一路上風平浪靜，不過崖腳一帶看上去宛若起了白色泡沫，隨處可見帶有狹窄洞穴的奇岩怪石矗立。

今晚是新月夜，倘若趕不及在太陽下山之前登島，就得摸黑走路，因此老漁夫加快了速度。繞過一個大大突出的岬角之後，形貌奇特的岩屋島出現於眼前。

整座島似乎都是岩石構成的，只有些許綠意。海岸全是高達數十尺的斷崖，令人不禁懷疑這樣的島上真的有人居住嗎？

隨著小船逐漸靠近島嶼，幾戶零星散布的人家映入眼簾。島上的某一端有個令人聯想到城郭的大屋頂，旁邊有個白色光點，那似乎就是諸戶宅院的土倉。

小船轉眼間抵達了島嶼岸邊，不過要進入安全的停泊處，必須沿著斷崖繼續前進片刻。途中的斷崖崖腳有個烏漆抹黑、深不見底的洞穴，大概是海水侵蝕造成的。小船駛到洞穴的一、兩百尺外，老漁夫指著洞穴說：

「這一帶的人把那個洞穴稱為魔淵，從以前就不時有人被魔淵吞沒，漁夫都覺得是有東西作祟，不敢靠近。」

「有漩渦嗎？」

「倒也不是漩渦，就是有什麼東西在。最近一次出事是在十年前。」

說著，老漁夫道出一件怪事。

那並不是這名老漁夫，而是其他漁夫親身經歷的事。某一天，有個目光炯炯有神，但是衣衫襤褸的男人飄然來到K港，並和我們一樣前往岩屋島。當時受託載他一程的，就是這名老漁夫的朋友。

過了四、五天後，漁夫晚上去捕魚，回程時，天色已經漸漸亮了。他碰巧經過岩屋島的洞穴前，當時正值退潮，又處於晨間無風時段，每當細浪拍打洞穴入口，就有海草和垃圾一點一點往外流。有個巨大的白色物體參雜其中，載浮載沉，漁夫本來以為是鯊魚的屍體，誰知竟然是人類的水流屍，令他大吃一驚。當時整個屍身仍在洞穴裡，腦袋朝外，慢慢地流了出來。

漁夫立刻划船過去，把屍首打撈起來後，又是大吃一驚。原來那具水流屍正是前幾天從K港載往岩屋島的旅人。

後來研判旅人是跳崖自殺，這件事就這麼不了了之。然而，根據當地耆老所言，那個洞穴向來陰氣很重，每次發現水流屍，都是呈現屍身一半在洞穴裡、漸漸往外流出的狀態，可說是非常不可思議；甚至有傳說指稱，深不見底的洞穴裡住著妖魔鬼怪，抓活人當祭品。「魔淵」這個名稱應該也是由此而來。

老漁夫說完故事之後，又給我們一個可怕的警告。

「所以我才得兜這麼大一圈，盡量不要經過洞穴旁邊。小哥，你們也要注意，別被妖魔鬼怪牽了魂啊。」

對於這番話，我們是左耳進、右耳出。我完全沒料到，日後回想起老漁夫所說的這段故事時，竟會驚駭不已。

說著說著，小船駛進一片小港灣。港灣的海岸較低矮，僅有五、六尺高，開鑿在天然岩石上的石階成了徒具形式的停泊處。

仔細一看，港灣裡繫著一艘五十噸左右的帆船，看起來宛若特大號的傳馬船（註7）。除此之外，還有兩、三艘骯髒的小船，但是不見半個人影。

我們上岸之後，讓老漁夫先行回去，兩人懷著某種異樣的感覺，忐忑不安地爬上徐緩的斜坡。

爬上斜坡後，視野倏然開闊起來。寸草不生的寬敞碎石子路環繞著島中央的岩山，一路延伸。城郭般的諸戶宅院矗立於前方，看起來荒廢至極。

「原來如此，從這裡看過去，對面的岬角就像一頭牛在睡覺。」

聞言，我轉頭望去，剛才乘船繞過的岬角尖端看起來的確像頭睡覺的牛。初代說她一面照顧嬰兒一面玩耍的地方似乎就是這一帶，令我百感交集。

當時，整座島已經被暮色包圍，諸戶宅院的土倉白牆漸漸變成鼠灰色，充滿難以言喻的寂寥感。

「活像個無人島。」我說。

「是啊，比我小時候印象中的更加荒涼。這種地方居然能住人。」諸戶回答。

我們沙沙地踩著碎石子，朝諸戶宅院前進，走了一會兒發現一幅奇妙的景象。一名老態龍鍾的老翁坐在斷崖邊凝視遠方，一動也不動，活像一尊石像。

我忍不住停下腳步，注視這個異樣的人物。

看海的老翁似乎聽見我們的腳步聲，緩緩地轉過頭來望向我們。老翁的視線一移到諸戶臉上，便再也不動了。他目不轉睛地凝視諸戶，都快把諸戶的臉瞧出一個洞。

「奇怪，他是誰？我想不起來，但一定是認識我的人。」

走了三、四百尺路之後，諸戶一面回望老翁一面說道。

「他好像不是駝子。」

我戰戰兢兢地說道。

「你是說我父親？怎麼可能？就算過了再多年，我也不會忘記父親相貌的。哈哈哈！」

諸戶諷刺地低聲笑著。

註7／木造和船，用於往返母船與海岸之間裝卸貨品。

諸戶宅院

走近一看，諸戶宅院顯得更加荒涼，土牆傾頽，大門腐朽。一進門就是後院，並沒有任何區隔。說來不可思議，庭院宛若耕耘過，整片土都翻了過來。為數不多的樹木有的倒塌，有的連根拔起擱在一旁，凌亂得教人不忍卒睹，讓整座宅院顯得比實際上更為荒廢。

我們站在猶如怪物漆黑大口般的玄關前叫門，但是許久都沒有回應。後來又叫了幾次，才有個步履蹣跚的老婆婆走出來。

雖然一部分可能是受到傍晚的昏暗光線影響，但我打從出生以來，從未見過如此醜怪的老婆婆。她不但個子矮小，渾身都是下垂的贅肉，還是個駝子，背上有個狀如小山的肉瘤。她紅褐色的臉滿布皺紋，狀似蝌蚪的雙眼往外凸起，嘴唇看起來不太正常，參差不齊的黃色長牙暴露在外，上排卻連半顆牙齒也沒有，一閉上嘴巴，臉就像燈籠一樣萎縮起來，模樣煞是嚇人。

「誰呀？」

老婆婆隔著門縫看著我們，用帶有怒意的聲音問道。

「是我，道雄。」

諸戶把臉湊過去給老婆婆看。老婆婆凝視了片刻，一認出諸戶，吃驚地叫道：

「哦？是阿道啊！你怎麼回來了？我還以為你一輩子都不會回來了呢。那個人是誰？」

「這是我的朋友。很久沒回家了，我想回來探望一下，便和朋友一起大老遠地跑回來。丈五郎先生呢？」

「哎呀，叫什麼丈五郎先生，不就是老爹嗎？叫老爹就行了。」

這個醜怪的老婆婆便是諸戶的母親。

我聽著兩人的對話。諸戶直呼父親的名字「丈五郎」固然奇怪，但有另一件事令我感到更加不可思議，就是老婆婆所說的「老爹」。不知是不是我多心，她的語調聽來和小雜技師友之助死前所說的「老爹」十分相似。

「老爹在家。不過，他這陣子心情不好，你最好小心點。哎，別站在那裡，進來吧！」

我們在充滿霉味的漆黑走廊上拐了幾個彎，被帶往一個寬敞的廂房。這座宅院的外觀雖然荒廢，內部卻打理得乾淨整齊，只不過仍然無法拂拭廢墟般的感覺。

這間廂房面向後院，暮色中隱約可見寬廣的後院和土倉的斑駁白牆，後院同樣被挖得亂七八糟。

過了片刻，房門口傳來妖異之氣，諸戶的父親——怪老人現身了。他宛若一道影子般走進黯淡無光的房裡，背對偌大的壁龕輕輕坐下來，劈頭就是一句：

「阿道，你回來做什麼？」

他的口吻帶著責備之意。

諸戶的母親隨後進來，拿起房間角落的地燈，擺在老人和我們之間並點上了火。怪老人的身影浮現於紅褐色的光線之中，模樣和貓頭鷹一樣陰險醜怪。駝背、矮小這兩點與諸戶母親如出一轍，但是他的臉異常龐大，臉上的皺紋宛若攤開腳的橫帶人面蜘蛛，從中央裂開的醜陋上唇猶如兔子，只要看上一眼，就會留下畢生難忘的深刻印象。

「我想回家探望一下。」

諸戶又把剛才應付母親的那套說詞搬出來，並介紹一旁的我。

「哼！那你是要違約囉？」

「倒也不是，只是有事想問您。」

「是嗎？其實我也有事要跟你談。哎，你就住下來吧。老實說，我也想看看你長大成人的模樣。」

以我的文筆，無法完整重現當時對話的原汁原味。總歸一句，睽違十年的父子重逢便是如此詭異。殘障者似乎不光是肉體，連精神方面也有所殘缺，無論是言行舉止或親情，看起來都異於常人。

在這種詭異的狀態下，這對不可思議的父子斷斷續續地說了約一小時的話，至今我仍然記得其中的兩段問答。

「您最近有到什麼地方旅行嗎？」

諸戶找到機會，問起這件事。

「沒有，什麼地方也沒去。是吧？阿高。」

老人轉向身旁的妻子，要她幫腔。不知是不是我多心，當時老人的眼睛似乎閃動著別有含意的光芒。

「我在東京看見和您長得一模一樣的人，還以為是您沒有通知我，悄悄跑去東京了。」

「胡扯，我都已這把年紀，行動又不方便，怎麼會跑去東京？」

然而，老人的眼睛多了些血絲，額頭也蒙上鉛色，這些變化我全都看在眼裡。諸戶並未繼續追究，而是換了個話題。不久後，他又問起另一個重要的問題。

「您好像在挖庭院，是為了什麼？」

面對這記突襲，老人一時間答不上話，沉默了好長一段時間。

「其實也沒什麼，對吧？阿高。這是阿六幹的好事。你也知道，家裡養了些不能自力更生的人，裡頭有個叫阿六的瘋子。他不知道哪根筋不對勁，居然把庭院弄成這副德行。這是瘋子幹的事，我也不好責罵他。」

他如此回答，在我聽來，根本是臨時胡謅的藉口。

當天晚上，我們在同一間廂房打地舖，抵足而眠，但是兩人都過於亢奮，難以成眠。說歸說，我們又不敢隨意交談，只能默不作聲。隨著心靈逐漸因為夜晚的寧靜而沉澱下來，夜深人靜的寬敞宅院裡斷斷續續地傳來異樣的細微人聲。

「嗚嗚嗚嗚嗚……」

那是種又細又尖的呻吟聲。我原本以為是有人作惡夢而發出呻吟，但是聲音一直持續著，實在很奇怪。

我在模糊的地燈光線中與諸戶互看一眼，並豎起耳朵聆聽。聽著聽著，我突然想起土倉裡的雙胞胎，又想到這或許就是身體相連的男女進行殘酷爭鬥的聲音，不禁毛骨悚然地縮起身子。

到了黎明，我才開始打盹兒。待我醒來，發現隔壁被褥裡的諸戶已然不見人影。我以為自己睡過頭，慌慌張張地跳起來，走向走廊打聽盥洗室的位置。

人生地不熟的我像隻無頭蒼蠅，在寬敞的宅院裡轉來繞去。此時，諸戶的母親阿高突然從走廊轉角衝出來，擋住我的去路。多疑的殘障老嫗似乎懷疑我在家中四處窺探，聽我詢問盥洗室的位置之後，她才安心說道：「哦，盥洗室啊！」並帶我從後門前往水井邊。

洗完臉後，我突然想起昨晚的呻吟聲與土倉裡的雙胞胎，想去看看深山木曾經從圍牆外窺探過的窗戶。說不定現在雙胞胎就在窗邊。

我假裝要晨間散步，若無其事地溜出宅院，沿著土牆繞到後方。外頭是凹凸不平的大石子路，除了稀疏的雜草以外不見半棵樹木，感覺像一片荒野。不過，從正門前往土倉背面的途中，有片樹木茂盛的圓形土地，宛若沙漠中的綠洲。我撥開枝葉觀看，只見中心似乎是一口舊水井，被滿布青苔的石造井欄圍住。雖然現在已經廢棄了，但是在這座荒涼的孤島上，這口水井可說是氣派過頭。或許從前這裡除了諸戶宅院以外，還有其他宅院。

總之，我很快地來到土倉下。土倉與長長的土牆比鄰而立，即使在牆外也可以就近觀看。如我所預期，土倉二樓有個面向後方的小窗戶是開著的。窗戶上嵌著鐵棒這一點，也和日記裡說的一模一樣。我懷著雀躍之情仰望窗戶，耐心地站在原地。朝陽火紅地照耀著斑駁的白牆，遼闊大海的氣味直竄鼻腔。一切感覺起來都是如此明朗，很難想像這座土倉裡居然住著怪物。

不過，我看見了。就在我看了旁邊一會兒，又把視線轉回來以後，我發現不知幾時間，窗戶的鐵棒後頭多了個人。那人的胸膛上方有兩張臉，四隻手抓著鐵棒。

其中一張臉是個膚色黝黑、頰骨突出的醜陋男性。另一張臉是個面無血色，但是細緻白皙的年輕女性。

少女睜大的眼睛和我仰望的視線交會的那一瞬間，她流露出一種不可思議的嬌羞之色，把頭縮了回去。那種神情人世間難以得見。

然而，我居然同時也羞紅了臉，忍不住撇開視線。說來膚淺，雙胞胎女孩那異樣的美令我驚為天人，為之怦然心動。

三日間

倘若諸戶的猜測無誤，他的父親丈五郎便是心靈比外表更加醜惡的禽獸，是個無人能及的罪大惡極之人。為了達成自己的邪惡企圖，想必丈五郎根本無暇顧及親情。另外，如同先前多次提及，道雄也不把他的父親當成父親，甚至打算揭發父親的罪行。這對有違倫常的父子同住於一個屋簷下，最後產生如此可怕的裂痕，說來也是理所當然。

平穩的日子只維持到我們來到島上的第三天，第四天起，我和諸戶便陷入無法交談的狀態。同一天還發生了另一樁慘事，有兩個岩屋島的居民中了惡鬼的詛咒，被食人洞吞沒，沉入魔淵水底消失無蹤。

不過，平穩的三日間倒也不是完全沒有值得記錄之事。

第一件事，就是關於土倉裡的雙胞胎。如同前一章所述，我在諸戶宅院度過第一晚的隔天早上，從土倉的窗戶窺見了雙胞胎，並為其中那個女孩（也就是日記裡的小秀）的美貌深深打動。縱使異樣的環境凸顯出這個殘廢女孩的美，當時的驚鴻一瞥竟會如此強烈地擄獲我的心，實在太不尋常。

讀者也知道，我對逝去的木崎初代獻上全心全意的愛，甚至吞下她的骨灰。和諸戶一起來到岩屋島，不就是為了查明初代的仇人是誰嗎？這樣的我居然被只看過一眼，而且還是個可憐殘廢的女孩美貌打動。換個說法，我萌生了愛意。沒錯，坦白說我愛上了殘廢女孩小秀。啊，真是太窩囊了。我立誓替初代報仇宛若昨日之事，記憶猶新。現在的我不正是為了實踐這個誓言而來到島上嗎？可是才剛抵達，我就愛上不像人的殘廢女孩。原來我竟是如此卑劣的男人？當時的我深深以自己為恥。

不過，無論如何羞愧，戀愛的心是不容否定的事實。我總是對自己的心找藉口，一有空便悄悄溜出宅院，繞到土倉背面。

然而，第二次前往土倉的時候——也就是第一次窺見小秀那天的傍晚，發生了一件更加令我困擾的事：我得知小秀也對我一見鍾情。真是造化弄人啊！

土倉的窗戶在暮靄之中張大漆黑的嘴巴，我站在窗下，耐心等候女孩探出臉來。等了許久，漆黑的窗戶依然不見人影，我一時心急，居然像個不良少年一樣吹了聲口哨。小秀本來似乎是躺著的，聽見口哨聲便猛然起身，探出白皙的臉蛋，隨即又像是受到拉扯似地縮回去。雖然僅有一瞬間，但我清清楚楚地看見小秀對著我微微一笑。一想到那或許是「小吉吃醋，不讓小秀窺探」，我的心頭便有些發癢。

即使小秀縮回了頭，我依然沒有離開之意，仍然戀戀不捨地仰望窗戶。過了片刻，有個白色物體從窗戶朝我飛過來，是一團紙。我撿起掉在腳邊的紙團打開一看，是一封用鉛筆寫成的信，內容如下：

我的事請去向撿到書的人打聽，然後請放我出去，你美麗又聰明，一定會救我。

她的字跡非常潦草，我重讀了好幾次，好不容易才明白她的意思。她用「美麗」這麼露骨的形容詞，令我大吃一驚。不過，從那本日記判斷，小秀認知的「美麗」和我們認知的應該不太一樣。

後來，在意外撞見那一幕之前的三日間，我前往土倉的窗下五、六次（這區區的五、六次不知費了我多少心力），偷偷摸摸地與小秀相會。我們擔心被宅院裡的人發現，不敢交談，但是每見一次面，我們便多懂對方的眼神一分。漸漸地，我們學會使用複雜微妙的眼神溝通。小秀雖然字寫得醜且不諳世事，可是我知道她是個天資聰穎的女孩。

透過眼神交流，我明白小吉如何欺凌小秀。自從我出現之後，打翻了醋桶的小吉更是變本加厲。小秀常用眼神和手勢向我訴苦。

有一回，小吉把小秀推開，那張黝黑的醜臉用可怕的眼神瞪視我許久，至今我仍然忘不了那張臉的不快表情。那是種充滿憤恨、嫉妒、無知、骯髒，如野獸般醜惡無比的表情，宛若大眼瞪小眼似的，眼睛眨也不眨，執拗地凝視著我。

雙胞胎的另一方是醜惡的野獸，令我加倍同情小秀。我對這個殘廢女孩的愛意一天天加深，難以自拔，宛若前世許下的不幸諾言。每次見面，小秀便催我快點把她救出來，而我明明無計可施，卻拍胸脯打包票，讓可憐的小秀安心。

「別擔心、別擔心，我一定會救妳出來，妳再忍耐一陣子。」

諸戶宅院裡有好幾個打不開的房間，土倉當然是其中之一，除此之外，還有許多用老式門鎖鎖住的木門廂房。諸戶的母親和男傭時時刻刻都在監視我們的行動，因此我們不能在家中自由走動。有一次，我故意裝作走錯路，悄悄踏進走廊深處，確認那裡有打不開的房間。有的房裡傳來可怕的呻吟聲，有的房裡似乎有什麼東西不斷在活動。這些聲音顯然都是來自如動物般遭到囚禁的人類。

我站在昏暗的走廊上豎耳傾聽，一股難以言喻的可怕感覺襲向我。諸戶說過這座宅院裡到處都是殘廢，莫非打不開的房間裡，關著比土倉中的怪物（啊，就是這個怪物奪走了我的心）更為可怕的殘廢？諸戶宅院是座殘廢宅院嗎？丈五郎為何要豢養這些殘廢呢？

平穩的三日間，除了探望小秀、發現打不開的房間以外，還發生另一件怪事。

某一天，諸戶去找父親之後一直沒有歸來，我無聊得緊，便決定走遠一點，散步前往海岸的船隻停泊處。

來到島上的時候暮色蒼茫，因此我沒發現半路上的岩山山腳其實有一片樹林，樹林深處還有棟破舊的小房子。這座島上的人家全都分布得零零落落，那棟破舊的房子看起來更是孤伶伶。不知道裡頭住了什麼樣的人？我一時好奇，便離開原路，走進樹林裡去。

那棟房子其實是一間用小屋來形容會較為貼切的小型建築物，已破舊到不能住人的地步。小屋的地勢較高，無論是大海或對岸那個狀如臥牛的岬角，甚至連有魔淵之稱的洞窟都可盡收眼底。岩屋島的斷崖呈現複雜的凹凸形狀，魔淵洞穴便位於最凸出的部分。

深不見底的洞穴好似妖魔鬼怪的漆黑大口，拍打洞口的浪頭宛若可怕的獠牙。看著看著，上方的懸崖甚至有點像妖魔鬼怪的眼睛和鼻子。對於生於首都、不諳世事的我而言，這座南海孤島是另一個詭異的世界。人煙稀疏的離島、宛若古城的諸戶宅院、關在土倉裡的雙胞胎、囚禁於打不開房間裡的殘廢、吞噬活人的魔淵洞窟，這一切的一切對於都市人而言，都只是種鄉野奇談而已。

除了單調的波浪聲以外，整座島死氣沉沉的，靜謐無聲。放眼望去不見半個人影，夏天的烈日烤焦白晃晃的碎石子路。

這時，近處傳來一道清喉嚨的聲音，打破我如夢似幻的心境。回頭一看，只見一個老人靠在小屋窗邊望著我。我想起他就是在我們來到島上的那一天，蹲在附近的岸邊，目不轉睛地打量諸戶的那個不可思議的老人。

「你是諸戶宅院的客人？」

老人宛若等著我轉過頭似的，立刻向我攀談。

「對，我是諸戶道雄的朋友。您認識道雄大哥吧？」

我想知道老人的身分，便如此反問。

「當然認識，我從前在諸戶宅院工作，道雄少爺小時候，我還抱過他、背過他，怎麼會不認識呢？不過，我年紀大了，道雄少爺認不出我了。」

「原來如此。那您為何不來諸戶宅院探望道雄大哥呢？道雄大哥一定也很懷念您。」

「我才不去呢！就算再怎麼想念道雄少爺，我都不願踏進那個衣冠禽獸居住的宅院一步。你大概不知道，諸戶宅院的駝子夫婦是披著人皮的魔鬼、是野獸。」

「他們有這麼惡劣嗎？他們做了什麼壞事？」

「哎呀，你別問了。只要還住在同一座島上，我就不能多嘴，否則老命不保。那個駝子根本不把人命當一回事。話說回來，你要多留意，還有大好前途等著你呢。可別招惹離島上的老人，弄得自己滿身晦氣。小心為上啊！」

「可是，丈五郎先生和道雄大哥是父子，我又是道雄大哥的朋友，他再壞也不至於危害我吧？」

「不，那可不見得。大約十年前，就發生過類似的事。那個人也是從京城大老遠跑來諸戶宅院，聽說是丈五郎的堂兄弟。可憐他年紀輕輕，你瞧瞧，居然成了屍體，浮在那個洞穴旁的魔淵裡。我姑且不說那是丈五郎幹的，可是，那個人當時的的確確住在諸戶宅院裡，沒人看見他離開宅院，也沒人看見他搭船。這樣你懂了嗎？不聽老人言，吃虧在眼前，你要多小心！」

老人接著諄諄告誡我諸戶宅院有多麼可怕。聽他的口氣，彷彿是說我們也會和十年前的那個丈五郎堂兄弟落得同樣的命運，必須多加小心。雖然我覺得老人有些危言聳聽，但一想到發生在東京的三重殺人事件，又不禁擔心老人這番不吉利的話語真的應驗。不祥的預感令我眼前發黑，渾身打顫。

至於這三日間，諸戶道雄在做什麼呢？

我們每晚都抵足而眠，而他總是異常沉默，或許是心中的苦楚難向外人述說吧。白天他和我分頭行動，終日與駝子父親在某個房間裡擰眉瞪眼。每次他結束長談回到我們的房間，都是面容憔悴、臉色蒼白、眼睛滿布血絲地不發一語。無論我如何追問，他都不回答。

然而，第三天晚上，他似乎再也按捺不住，像個發癢的孩子般在被褥上打滾，脫口說道：「啊，太可怕了。我本來以為不至於如此，沒想到是真的。一切都完了。」

「果然和我們懷疑的一樣？」

我低聲詢問。

「對，甚至更嚴重。」

諸戶皺起土灰色的臉龐，悲傷地說道。我又追問他什麼事情「更嚴重」，但是他沒有透露，只說：「明天我會跟他攤牌，到時候我們就正式決裂了。蓑浦，我站在你這邊。讓我們同心協力對抗惡魔，一起奮戰吧！」

說著，他伸出手來，緊緊握住我的手腕。然而，他的話語雖然慷慨激昂，神色卻陰鬱黯淡。這也難怪，他稱親生父親為惡魔、與父親為敵，自然心力交瘁。我找不到話語安慰他，只能微微回握他的手，以代替千言萬語。

替身

隔天，可怕的破滅終於來臨。

過了中午，我在啞巴女傭（她就是小秀日記裡提到的年嫂）的伺候下吃完午飯後，諸戶仍未從他父親的房間歸來。獨處只會讓我胡思亂想，因此我趁著飯後散步之便，再度前往土倉背面，與小秀進行眼神交流。

我仰望窗口佇立了片刻，可是小秀和小吉都沒有露臉，我便依照慣例，吹口哨打暗號。只見黑色窗戶的鐵棒後方探出一張臉，見狀，我不禁大吃一驚，懷疑自己的腦袋是否出問題。因為出現的並不是小秀，也不是小吉，而是我一直以為還待在丈五郎房裡的諸戶道雄的愁眉苦臉。

我又定睛細看好幾次，果然不是幻覺，道雄確確實實一同待在雙胞胎的牢籠裡。明白此事的瞬間，我險些大叫，諸戶立刻用手指抵著嘴巴警告，我才及時克制下來。

看見我驚訝的表情，諸戶在狹窄的窗口比手畫腳。然而，一來是因為那和小秀的微妙眼神不同，二來是因為要說的事情太過複雜，我看不懂他的意思。諸戶焦急地打手勢要我稍候，把頭縮回去。不久，他扔了團紙給我。

我撿起紙團打開來一看，上頭用鉛筆——大概是向小秀借來的——龍飛鳳舞地寫著下列文字。

我一時大意，中了丈五郎的奸計，和雙胞胎一樣成為階下囚。監視嚴密，一時間難以逃脫，不過我更擔心你。你是外人，處境比我更加危險。你快點逃離這座島。我已經萬念俱灰，放棄一切了——無論是調查、報仇或我自己的人生。

請別責怪我違背與你的約定，請別嘲笑我起先來勢洶洶，現在卻如此軟弱。我畢竟是丈五郎的兒子。

我要和親愛的你永別了。請忘記諸戶道雄，忘記岩屋島，還有——或許這是個強人所難的請求，但也請你忘了初代小姐之仇。

回到本島之後，請你看在我們多年交情的分上，別報警。這是我最後的請求。

讀完字條，我抬起頭來，看見諸戶噙著淚水俯視我。惡魔父親終究還是囚禁了自己的兒子。在責怪道雄態度丕變或怨恨丈五郎殘暴不仁之前，一股無法形容的哀愁襲來，我的胸中一片空虛。

不知諸戶的心湖被這種虛假的父子之情攪亂過幾次？仔細想想，他不遠千里來到岩屋島，為的或許不是我，當然更不是為了替初代報仇，而是父子之情所致。到最後關頭，他終究是輸了。這場詭異的父子之戰就這麼畫下句點。

我和土倉裡的諸戶對望良久，最後，他打手勢要我離開。我的腦中一片空白，機械性地走向諸戶宅院的大門。臨去時，我發現小秀站在面色蒼白的諸戶背後，一臉詫異地凝視著我。這件事更加深我的空虛感。

不過，我當然沒打算回去。我必須救出道雄，救出小秀。即使道雄再怎麼反對，我也不能放過初代的仇人，就此離開這座島。如果可以，我還要幫初代找出她的財寶。（說來不可思議，我竟能同時愛著初代和小秀，沒有任何矛盾。）就算諸戶沒求我，借助警察之力原本就是最後手段。我要留在這座島上刺探敵情，鼓舞灰心喪志的諸戶，並對他曉以大義，借助他過人的智慧對抗惡魔。返回諸戶宅院廂房的路上，我滿懷雄心壯志，做出如此決定。

回到房裡片刻之後，許久未見的駝子丈五郎醜陋的身影出現了。他一進我的房間，便大刺刺地站在我面前，對我大吼：

「快點收拾行李回去，我不會讓你在這個家——不，在岩屋島上多留一分一秒。快收拾行李！」

「您要我回去，但道雄大哥在哪？我得和道雄大哥一起回去啊！」

「我兒子另有安排，不能配合你。不過，他當然也同意讓你先回去。快收拾吧！」

繼續爭論也無濟於事，於是我決定暫且離開諸戶宅院。想當然耳，我不會離開這座島。我打算藏身於島上，設法救出道雄和小秀。

然而，說來傷腦筋，丈五郎也不是好唬弄的，竟派一名壯碩的下人送我離開。

下人提著我的行李走在前頭，來到前天和我說話的那個不可思議老人的小屋前，突然走進裡頭說：

「德叔，你在嗎？諸戶老爺吩咐，要你開船載這個人去K港。」

「這位客人要單獨回去啊？」

老人又從上次那個窗戶探出上半身，一面打量我的臉一面回答。

結果，下人把我交給這個名叫德叔的老人便回去了。丈五郎將我託付給背叛自己的老人，不但令我意外，也令我有些發毛。

說歸說，他挑中這個老人，於我十分有利。我對老人簡略地說明來龍去脈，請求老人相助。我堅持要繼續留在島上。

老人重彈幾天前的老調，指摘我的計畫過於魯莽，但我始終堅持己見。最後，老人終於讓步，不但接受我的請求，甚至提出一個欺瞞丈五郎的好主意。

這個好主意就是——

丈五郎生性多疑，倘若我繼續留在島上，他定然不會放過我，連收留我的老人都會一併遭殃，因此他必須划船回本島，做個樣子給他看。

如果船上只有德叔一人，這個主意一點效果也沒有。幸好德叔兒子的年齡、體格都與我相仿，他讓兒子穿上我的西服，這麼一來，遠遠看上去就像是我渡海返回本島。而我則是穿上德叔兒子的和服，躲在德叔的小屋裡。

「在你辦完事之前，就叫我兒子先去伊勢神宮拜拜好了。」

德叔如此笑道。

傍晚，德叔的兒子換上我的西服，代替我搭上德叔的小船。

小船載著我的替身，以德叔為槳手，沿著陡峭的海岸於暮色蒼茫的海面上前進，渾然不知前方有多麼可怕的命運等著它。

殺人遠景

現在我成了冒險小說的主人翁。

送兩人離開後，我穿上德叔兒子身上那件充滿海水味的棉襖，蹲在小屋窗邊，從紙門後露出眼睛，望著小船離去。

狀如臥牛的岬角因為暮靄而變得朦朧，泛黑的大海與鼠灰色的天空融為一體，空中隱約可見一、兩道星光。海面宛若黑油一般風平浪靜，當時正好漲潮，遠遠地可看見魔淵附近的海水形成漩渦，流入洞窟之中。

小船沿著凹凸不平的斷崖行進，突然隱沒了蹤跡，隨即又出現在陡峭海岸的另一頭，逐漸接近魔淵。蟲鳴般的搖櫓聲不時沿著海面傳來，德叔和他身穿西服的兒子在暮色的渲染下，只看得見豆大的輪廓。

再彎過一個岩角便是魔淵洞穴，在他們抵達岩角時，我突然發現小船正上方的陡峭海岸上有個東西在蠢動。我心下一驚，定睛凝視才知道那是個男人，而且是個背部如肉瘤一般鼓起的駝背老人。我豈會錯認那醜陋的身影？那正是丈五郎。不過，諸戶宅院的主人跑到斷崖上做什麼？

駝子手拿鶴嘴鋤，埋頭做著某件事。每當他一使勁，就有另一個東西跟著鶴嘴鋤一起動。仔細一瞧，那是個卡在斷崖邊緣搖搖欲墜的大岩石。

啊，我懂了。丈五郎打算在德叔的小船通過正下方時推落巨岩，讓小船翻覆。危險！離岸邊太近很危險——可是，即使我在這裡大叫，德叔也聽不見。我明知丈五郎的可怕企圖，卻無力拯救犧牲者，只能祈禱老天爺保佑。

只見駝子的身影猛然一動，巨岩搖搖晃晃，轉眼間便以極快的速度撞上岩角，化成無數碎片飛散，朝著小船墜落。

一道大大的水花竄起，過一會兒，連我這兒都聽得見稀里嘩啦聲。

丈五郎的企圖得逞了，小船翻覆，船上的兩個人不見蹤影。是當場被岩石砸死？還是棄船游泳逃走？很遺憾，從遠處看不出來。

我望向丈五郎，陰險的駝子並未因小船翻覆而滿足，又拿起鶴嘴鋤，用驚人的速度接二連三地將附近的大小岩石推落海面。我宛若觀賞著一幅海戰圖，只見海面上竄起數道水花，又隨即灑落。

不久後，他暫且停手，窺探下方的情況。不知是不是見到犧牲者的死狀而安心，只見他朝著另一頭離去。

一切都發生在一瞬之間，由於距離太遠，看來活像一齣玩偶戲，反而給我一種可愛的感覺，奪走兩人生命的慘劇似乎並沒有那麼恐怖。然而，這不是夢境，也不是幻覺，而是不折不扣的事實。德叔和他的兒子遭人魔的奸計所害，沉入魔淵消失無蹤。

我現在才明白丈五郎打的是什麼算盤。打從一開始，他就沒打算留我活口。但是在宅院裡動手很危險，因此他讓我搭上船，切斷我和岩屋島的關聯，接著在小船必經的斷崖上埋伏，利用魔淵的迷信，製造德叔的船是因為超乎人類的魔力而翻覆的假象。也因此，他刻意捨棄方便的槍械，大費周章地推落巨岩。

他沒找其他漁夫而是找與他不合的德叔駕船，也是有理由的。這是他的一石二鳥之計。不僅可以剷除察覺其惡行的我，還可以順便把曾在他家當傭人，因而知悉他罪孽的叛徒德叔殺掉。如此這般，他的奸計順利得逞。

光是就我所知的範圍裡，丈五郎已經殺害五個人。而且仔細想想，說來可怕，殺害這五個人的動機全是我間接造成的。

如果沒有我，或許初代會接受諸戶的求婚；一旦結婚，她便可免去殺身之禍。深山木更是不用說，假如我沒有委託他查案，他根本不會遭到丈五郎的毒手。至於小雜技師也一樣，而德叔和他的兒子更是如此，倘若我沒有來到這座島上，沒有拜託他們當我的替身，他們不至於死於非命。

我越想越覺得可怕，忍不住渾身打顫，對殺人魔丈五郎的恨意也比昨天強烈數倍。如今為了初代，也為了其他四個人的在天之靈，我一定要留在這座島上，揭穿惡魔的惡行，替他們報仇雪恨。我的力量微乎其微，或許向警方求助才是萬全之策，不過，只讓這個稀世的惡魔接受國法的制裁，我難以滿足。套句古老的諺語，以牙還牙、以眼還眼，沒讓他嘗到他所犯罪孽的同等痛苦，難消我心頭之恨。

所幸丈五郎以為我已經不在人世，眼下的當務之急，是巧妙地假扮德叔的兒子，避過丈五郎的耳目，並悄悄與土倉裡的道雄互通消息，研議復仇大計。道雄得知這次的命案以後，應該不會再袒護他的父親吧。即使道雄不同意，我也不在乎。我已經下定決心，要盡一切努力達成宿願。

說來幸運，過了幾天仍然沒有發現德叔父子的屍體，或許是被吸入魔淵洞窟的深處，因此，我得以繼續假扮德叔的兒子。由於德叔的小船一直沒有歸來，有漁夫感到奇怪，前來我待的小屋探視，但我謊稱生病，躲在房間角落，並用兩扇屏風遮住臉蒙混過去。

白天我大多關在小屋裡，避人耳目；到了晚上，才藉著夜色在島上四處走動。除了前往土倉探訪道雄和小秀以外，我積極地摸索島上的地理環境，以備不時之需。當然，我也時時關注諸戶宅院的動向，一逮到四下無人的機會便溜進門裡，繞到打不開的房間外側，從密閉的門縫窺探房裡的聲音來源。

如此這般，各位讀者，我有勇無謀地踏出對抗稀世殺人魔的第一步。在前方等著我的是什麼樣的活地獄？什麼樣的世外異境？距離本書開頭提及的那椿令我一夜白頭的恐怖經歷，應該不遠了。

屋頂上的怪老人

多虧了替身，我才能逃過一劫，可是我絲毫沒有得救的感覺。假扮成德叔兒子的我不能隨意跑到小屋外，至於划船離島，我更是連想都沒想過。白天我都躲在德叔的小屋裡，晚上才偷偷摸摸地爬出小屋，呼吸新鮮空氣、伸展手腳，彷彿我才是罪犯似的。

至於食物方面，只要能夠忍受難吃的味道，倒是足以撐上好一陣子。島上交通不便，德叔的小屋裡囤積了大量白米、麥子、味噌與木柴。這幾天來，我都是吃著不知是什麼魚的魚乾及味噌度日。

從當時的經驗，我明白一件事：冒險或苦難其實並沒有想像中那麼可怕，實際遇上了，反而不覺得如何。

這樣的境遇猶如虛構的故事或夢境，在東京打算盤時的我根本無法想像。我孤孤單單地躺在德叔的悶熱小屋一角，望著沒有天花板的屋頂，聽著持續不斷的波浪聲、聞著潮水味，有時甚至忍不住懷疑這段時間發生的一切是否全是一場夢？然而，即使置身於如此可怕的境遇，心臟依然照常跳動，腦子也沒有因此發瘋。人類縱使遇上再怎麼可怕的事，往往能夠泰然處之，並沒有想像中那麼脆弱。士兵敢朝著子彈衝刺，應該也是基於同樣的道理吧。雖然處於淒慘的境遇之中，我的心情卻是莫名開朗。

無論如何，我必須向囚禁於諸戶宅院土倉中的諸戶道雄詳述事情的始末，研議善後之計。白天出外走動的風險太大，而太陽下山以後，島上沒有電燈，更是什麼事也不能做，因此我選在遠看難以分辨相貌的黃昏時分前往土倉。說來是我杞人憂天，整座島上的人宛若滅絕殆盡一般，四處都不見人影。我來到目的地的土倉窗下，躲在土牆邊的岩石後，窺探四周的動靜並豎起耳朵，聆聽圍牆裡或土倉窗口有無人聲傳來。

暮色之中，土倉窗戶張大漆黑的嘴巴，默默無語。除了遠處傳來的單調波浪聲以外，沒有任何聲音。一切都是灰色的，無聲無色的荒涼景象令我忍不住懷疑自己是不是在作夢？

遲疑許久之後，我終於鼓起勇氣，瞄準窗口扔出事先準備的紙團。白球順利地飛入窗口，紙團上寫著昨天發生的事，並針對今後該怎麼做徵詢諸戶的意見。

丟出紙團後，我又躲回岩石後方等待，但諸戶一直沒有回覆。莫非他在氣我沒有離開島上？我開始擔心，直到天色幾乎全暗下來，土倉的窗戶也變得難以辨識時，窗口才出現一個朦朧的白影，朝著我丟出紙團。

仔細一瞧，那道白影並非諸戶，而是令我懷念的雙胞胎小秀。即使在黑暗中，也可隱約看出她一臉悲傷、情緒低落。或許小秀已經從諸戶口中得知事情的來龍去脈。

我攤開紙團一看，上頭用黑暗中亦能辨識的鉛筆大字，簡潔地寫著下述文句。不消說，那是諸戶的筆跡。

我現在完全無法思考，請你明天再來一趟。

讀了以後，我感到很難過。諸戶聽聞父親這種令他兩難的罪狀，不知有多麼驚訝、多麼傷心？從他不敢見我的面，而是叫小秀代為扔紙團，也可察知他的心情。

小秀似乎仍在土倉窗邊凝視著我，我朝著她那朦朧的白皙臉龐點點頭後，在暮色之中無精打采地返回德叔的小屋。後來，我連燈也沒點，像隻野獸橫躺在地，漫無頭緒地思考。

隔天傍晚，我又前往土倉。打了暗號後，這回露臉的是諸戶，他扔了一張寫著下列文字的紙條給我。

你沒有放棄淪落至此的我，為我費盡苦心，我實在感激不盡。老實說，先前我以為你已經離開這座島，非常失落。直到那時候，我才明白與你分離有多麼寂寞，令人難以獨活。丈五郎的惡行昭然若揭，我不會再惦記父子之情了。對於他，我只有恨意，沒有半點親情，反倒是對於沒有血緣關係的你萬分執著。我要借助你的力量逃出這座土倉，拯救那些可憐人，找出初代小姐的財產，因為這麼做能夠讓你變得富有。我有個逃脫土倉的計畫，但是必須等候時機。至於計畫的內容，我之後再告訴你。請你每天盡可能避開其他人的耳目來到土倉。就算是白天也鮮少有人會來這裡，不用擔心。

諸戶雖然一度動搖，卻再次下定決心，斬斷了父子之情。不過，一想到他這番舉動背後的重要動機，竟是他對我的悖德之愛，我的心情便十分複雜。我無法理解諸戶那種不可思議的熱情，甚至覺得恐怖。

接下來的五天，我們持續進行著這種遮遮掩掩的幽會。（幽會這個字眼雖然怪異，但正好適合形容諸戶這段期間內的態度。）仔細回想起來，這五天裡，我的心境和行動也有許多值得一書之處，但和整體故事沒有太大關係，我便全數省略，只揀重點來寫。

第三天的清晨，為了和諸戶進行紙團通信，我漫不經心地走向土倉。而我就是在這時候撞見神祕的那一幕。

當時旭日尚未東升，天色昏暗，整座島都被朝靄所覆蓋。視線不佳固然是原因之一，但最大的原因是地點過於出人意表，因此，待我走到圍牆和岩石的三十餘尺前，才發現土倉的屋頂上竟有道黑色人影在蠢動。

我暗吃一驚，連忙折回，躲在土牆牆角後定睛細看，發現屋頂上的不是別人，正是駝子丈五郎。用不著看臉，光看整體輪廓便知道是他。

見狀，我不禁擔心起諸戶道雄。這個殘廢怪物每次現身，必然伴隨著凶事發生。初代遇害前曾看過怪老人。友之助遇害當晚，我也曾目睹他的醜陋背影。幾天前，我看見他在斷崖上揮動鶴嘴鋤，德叔父子便沉入魔淵消失無蹤。

不過，他總不會殺害自己的兒子吧！正因為殺不得，所以才採取囚禁於土倉中的溫和手段，不是嗎？

不不，那不見得。連道雄都決心與父親為敵，那個怪物又豈會為了奪走兒子性命這等區區小事而遲疑？如今道雄與他為敵已成定局，他對道雄自然是欲除之而後快。

在我隱身牆後，忐忑不安地胡思亂想之際，怪物丈五郎的醜陋身影在逐漸淡去的朝靄之中變得越來越清晰。只見他腳跨著屋脊的某一端，動作頻頻。

啊，我懂了，他想拆掉鬼瓦。

屋簷兩端安著與土倉大小相襯的氣派鬼瓦，在東京鮮少看見這種傳統又稀奇的款式。拆除鬼瓦後，隔著一片屋簷板，就是諸戶道雄被囚禁的房間。危險、危險，諸戶或許還在下頭睡覺，渾然不知頭頂上正在進行可怕的企圖。說歸說，我又不能當著怪物的面吹口哨示警，只能乾焦急。

不久，丈五郎拆下鬼瓦抱在腋下。鬼瓦足足有兩尺大，對一個殘障者而言，抱起來頗為吃力。

接著，丈五郎便會掀起鬼瓦底下的屋簷板，從道雄和雙胞胎的正上方探出他的醜臉，面露冷笑，辣手殺人……

我幻想著這般情景，腋下直冒冷汗地杵在原地。但說來意外，丈五郎抱著鬼瓦走向屋頂的另一頭去了。我原本以為他是要先把礙事的鬼瓦搬走，卸下重擔以後再回來殺人，但是我等待許久，始終不見他折返回來。

我戰戰兢兢地從牆後走到岩石邊，躲在岩石後方，繼續窺探好一陣子。不久後，朝靄完全散去，太陽從岩山頂端探出頭來，將土倉的牆壁照得一片火紅，而丈五郎始終沒有現身。

神與佛

從剛才至今已經過了整整三十分鐘，依然藏身於岩石後方的我暗忖應該安全了，便狠下心來輕輕地吹了聲口哨。這是呼喚諸戶的暗號。

只見諸戶彷彿等候已久，立刻現身於土倉窗口。

我從岩石背後探出頭來，用眼神詢問諸戶是否無恙，諸戶點了點頭。於是我拿出事先準備好的手冊，撕下其中一頁，迅速寫下丈五郎的詭異行徑，包住一旁的小石頭，朝著窗戶丟過去。

等候片刻之後，諸戶給了回覆，內文如下。

讀完你的信，我有個重大的發現。歡呼吧！我們的目的之一很快就會達成。還有，我暫時不會有任何危險，別擔心。我沒有時間敘述詳情，只寫下我要你辦的事。看完以後，你應該可以猜出我的想法。

一，在不冒險的範圍內走遍島上的每個角落，找出與神佛有關的事物，比如祭祀狐神的祠堂或地藏像等等，並通知我。

二，近日內，諸戶宅院的傭人應該會載貨物出航，你一看見就立刻通知我，並記錄當時的人數。

接下這道異樣的指令之後，我試著揣測諸戶的用意，想當然耳，最後仍是一頭霧水。不過，繼續用紙團問答過於危險，我暫且離開原地。

之後，我遵照諸戶的指令，盡挑沒有人家和無人通行的地方，像小偷一樣遮遮掩掩地在島上走了一整天。為了避免遇上別人時暴露身分，我用布條包住臉頰，穿著德叔兒子的舊棉襖，手腳都塗上泥巴，乍看根本認不出是誰。即使如此，光天化日之下在野外走動，依然帶給我莫大的心理壓力。再說，雖然這裡是海邊，但八月暑氣正盛，在大熱天裡四處走動實在是件苦差事。只不過如今處於非常時期，我也顧不得炎熱。實際見聞之後，我才知道這座島有多麼荒涼。雖然有人家，卻不知道有沒有人居住，走了一整天也只有遠遠地看見兩、三個漁夫而已，根本用不著提防。

我趕在當天傍晚之前繞了島上一圈，最後只發現兩樣與神佛有關的事物。

岩屋島的西側海岸——正好和諸戶宅院隔著中央的岩山相望——幾乎沒有人家，斷崖凹凸不平，海邊矗立著各種奇形怪狀的岩石。其中有個格外顯眼的烏帽子(註8)巨岩，巨岩頂端就像二見浦的夫婦岩一樣，立著一座石造的小鳥居。這應該是在幾百年前，這座島更加熱鬧、諸戶宅院的主人仍像城主般有權有勢的時候，為了祈求風調雨順而建造的吧？老舊的花崗岩鳥居被濁黑的苔蘚覆蓋著，看上去宛若巨岩的一部分。

另一樣東西也是位於西側海岸。和烏帽子巨岩相對的小丘上，有一座同樣非常老舊的石地藏。從前這座島上似乎有條完整的環島道路，隨處可見其遺跡，石地藏便是沿著道路而立，看上去宛若路標。想當然耳，如今石地藏已無人參拜，也沒有人擺放供品，看起來不像地藏像，倒像個人形石像，眼睛、鼻子、嘴巴都嚴重磨損，臉部變得一片平坦。見到它獨自佇立於無人之境時，我甚至嚇得忍不住停下腳步。地藏像的底座是塊很大的石頭，因此，即使過了漫長的歲月，它依然屹立不搖，沒有倒塌。

事後我推測，這種石地藏從前或許是分布於島上各處。事實上，北側海岸也留有疑似石地藏底座的物體。後來因為小孩惡作劇等因素，這些地藏像漸漸消失無蹤，只有交通最為不便的西側海岸的石地藏僥倖殘存。

就我所到之處所見，整座島上與神佛有關的東西只有前述的兩樣。除此之外，我記得諸

註8／平安時代至近代間盛行的和式黑色禮帽。

戶宅院的寬敞庭院裡有個氣派的祠堂，不知是用來供奉誰的。不過，諸戶要我找的應該不是諸戶宅院裡的東西。

烏帽子岩的鳥居是「神」，石地藏是「佛」。神與佛──啊，我終於明白諸戶的想法。不消說，是和那串猶如咒文的密語有關。

我回憶起那段密語。

神佛相會，
當破巽鬼，
尋彌陀之恩賜，
勿迷失於六道。

這裡的「神」，指的莫非是烏帽子岩的鳥居，而「佛」就是那尊石地藏？還有，我懂了，「鬼」和今早丈五郎爬上土倉屋頂拆下的鬼瓦正好相符。沒錯，那片鬼瓦是安在土倉的東南端，東南不就是巽的方位嗎？那片鬼瓦正是「巽鬼」。

咒文中有「當破巽鬼」這般字句，這麼說來，財寶是藏在鬼瓦之中？若是如此，或許丈五郎早已打破鬼瓦，取出裡頭的財寶。

不過，諸戶不可能沒察覺這一點。丈五郎帶著鬼瓦離去之事，我已經在信中告訴他，而他是讀了信之後才有所發現，所以這段咒文一定另有意義。如果只須打破瓦片即可，第一句話就顯得多餘。

話說回來，「神佛相會」究竟是什麼意思？如果「神」真是指烏帽子岩上的鳥居，「佛」真是指石地藏，兩者要如何相會？又或是這裡的「神佛」，指的是完全不同的意思？

我左思右想，怎麼也解不開這道謎題。不過，從今天發生的事可以確定一件事，就是偷走我們藏在東京神田西餐廳二樓的密語和雙胞胎日記的人，果然如當時猜想，就是怪老人丈五郎。若非如此，他豈能解出拆除鬼瓦之意？先前他只知道挖掘庭院，像隻無頭蒼蠅似地搜索整座諸戶宅院。在他拿到密語之後，便拚命研究文意，最後才發現「巽鬼」指的即是土倉的鬼瓦。

倘若丈五郎的解讀無誤，財寶豈不是落到了他的手上？又或者他的解讀有著非常大的錯誤，鬼瓦裡什麼也沒有？諸戶正確解讀了密語嗎？我急得像隻熱鍋上的螞蟻。

殘廢成群

同一天傍晚，我來到土倉下，按照往例，用紙團將我的發現告知諸戶。為了慎重起見，我在紙上畫下烏帽子岩與石地藏的位置簡圖。

等候片刻之後，諸戶把頭探出窗子，丟了封信給我，內容如下所示：

你有戴錶嗎？時間準確嗎？

這是個唐突的問題。然而，不知幾時會有危險逼近，通信手段又極不方便，也難怪他無暇說明前因後果。我必須從這些簡短的字句之中推測他的用意。

幸虧我把手錶藏在上臂，也有定時上發條，時間應該不至於誤差太多。我捲起袖子秀給窗口的諸戶看，並用手勢示意時間是準確的。

見狀，諸戶滿意地點點頭，把頭縮回去。過一會兒，他又扔了一封內文更長的信過來。

這件事很重要，千萬別出錯。我想你應該也察覺了，我已快找出藏寶的地點。丈五郎也漸漸發現，但是他犯了個很大的錯誤。讓我們親手找出寶藏吧！我有十足的把握。明天如果放晴，你下午四點前往烏帽子岩，注意石造鳥居的影子。它的影子應該會和石地藏重疊。如果重疊，你把正確時間記下來，回來找我。

接到指令後，我連忙返回德叔的小屋。當晚，我滿腦子想的都是咒文。

現在我總算明白咒文裡的「神佛相會」是什麼意思。並不是兩者真的相會，而是神的影子與佛重疊，鳥居的影子投射到石地藏身上。這個點子實在妙不可言，我不禁讚嘆諸戶道雄的想像力。

然而，搞懂了這部分，這會兒我又不明白「神佛相會，當破巽鬼」裡的「巽鬼」是什麼意思。諸戶說丈五郎犯了很大的錯誤，可見那不是指土倉的鬼瓦。倘若不是，其他還有什麼帶有「鬼」字的東西？

當天晚上，我抱著未能解開的疑惑入睡。隔天清早，這座島上少有的吆喝聲吵醒我。一陣熟悉的聲音經過小屋前，朝著船隻停泊處的方向而去。錯不了，是諸戶宅院的傭人們。

諸戶曾經吩咐過我，所以我立刻起身，將窗子打開一道縫隙窺探。只見三道背影逐漸遠去，其中兩人挑著一個大木箱，另一人走在旁邊。那個人是雙胞胎日記裡提到的助八老爺，其餘兩人則是我在諸戶宅院見過的壯漢。

諸戶前幾天在紙條上寫著「近日內，諸戶宅院的傭人應該會載貨物出航」，指的八成是這個吧！他交代我把人數告訴他。

我打開窗戶定睛凝視，只見三人的身影越來越小，最後消失於岩石後。沒多久，一艘沒有揚帆的帆船從停泊處駛入我的視野內。雖然距離很遠，但依然可以看出船上載的就是剛才那三個人及木箱。帆船駛向海面之後，便輕快地揚起帆，在晨風的驅趕之下，轉眼間便遠離岩屋島。

我必須遵照約定，儘快通知諸戶這件事。這陣子我已經習慣在白天外出，仗著路上鮮少有行人，立刻有恃無恐地離開小屋前往土倉。我透過紙團告知事情始末，諸戶給了個振奮人心的回覆。

　　他們大概要過一星期才會回來，我知道他們去做什麼。如今宅院裡已經沒有難纏的對手，要逃走就趁現在，請你幫我。你先在岩石後躲上一小時，等候我的信號。我一在窗邊揮手，你立刻趕到正門，如果看到有人逃出宅院就抓住他們。宅院裡只剩下女人和殘廢，別擔心。終於要開戰了。

我們的尋寶計畫因為這個意外插曲而暫時停止。我一面為了諸戶振奮人心的書信而雀躍不已，一面等候窗邊的信號。倘若諸戶的計畫順利成功，我馬上可以和好久沒說上話的他當面交談，還可以與來到島上之後一直愛慕在心的小秀面對面，聆聽她的聲音。這陣子的奇異經歷讓我不知不覺成了冒險愛好者，看見「開戰」兩字，我感到熱血沸騰。

諸戶打算與父母開戰，這是違背人倫之事。一想到他的心情，連滿心期待這一刻到來的我都有種心臟被掏空的感覺。話說回來，他真的要和父母硬碰硬嗎？

我在岩石後頭躲了好長一段時間。天氣炎熱，雖然有岩石的陰影，但腳邊的沙子依然燙得幾乎碰不得。平時尚有涼爽的海風吹拂，這一天卻連一絲微風都沒有。波浪聲也完全聽不見，令我忍不住懷疑自己是不是聾了。在深不見底的寂靜之中，只有夏日的驕陽散發著炙熱的光芒。

我忍著頭昏眼花，目不轉睛地凝視著土倉窗戶。信號終於出現了！我看見一條手臂從鐵棒之間伸出來，上下揮動兩、三次。

我立刻拔足疾奔，繞土牆一圈，從正門踏入諸戶宅院。

我站在玄關前的泥地板上窺探屋內。屋裡靜悄悄的，連個人影都不見。

即使是殘廢，對手可是奸詐狡猾又凶惡殘忍的丈五郎，我很擔心諸戶的人身安危，他該不會反過來被整得七暈八素吧？宅院裡鴉雀無聲，有種陰森森的感覺。

我走進玄關，沿著蜿蜒的長廊悄悄前進。

彎過轉角以後，我來到一條六十尺長的走廊。走廊寬達六尺以上，鋪著復古的紅褐色榻榻米。這是座屋簷很深、窗戶又少的老式建築，所以走廊上就像傍晚時分一般幽暗。

在我彎過走廊的同時，另一頭出現某個物體，跌跌撞撞地朝我狂奔而來。那副模樣實在太過怪異，我一時沒認出來。直到那個物體轉眼間跑到我跟前撞上我，並發出奇妙的叫聲，我才認出那是雙胞胎小秀和小吉。

他們穿著破破爛爛的衣服，小秀的頭髮簡單地束於腦後，小吉則似乎有定期理髮，頂著百日鬘（註9）般的可怕髮型。兩人逃出牢籠，興奮不已，像小孩一樣手舞足蹈。在我面前笑著狂舞的兩人，看起來像某種奇形怪狀的野獸。

我不自覺地抓住小秀的手，小秀對我展露天真無邪的笑容，親暱地回握。雖然身陷囹圄，小秀的指甲卻修剪得整整齊齊，帶給我莫大的好感。這些小地方深深打動我的心。

野蠻的小吉看見我和小秀如此要好，立刻發起脾氣。直到這時候，我才知道沒有教養的野人和猿猴其實是一樣的，生氣時都會齜牙咧嘴。小吉活像一隻大猩猩，對我齜牙咧嘴，並使盡全力把小秀從我身邊拉開。

這時候，有個女人似乎是聽見騷動聲，從我身後的房間衝出來——是啞巴年嫂。她發現雙胞胎逃出土倉，臉色發青，連忙將小秀他們往裡推。

我輕輕鬆鬆地制伏第一個敵人。對手被我扭住手臂，歪頭望著我，一察覺我是誰便大驚失色、渾身發軟。她似乎一頭霧水，完全沒有抵抗之意。

這時候，剛才雙胞胎跑來的方向出現一群奇妙的人。領頭的是諸戶道雄，他身後有五、六個不可思議的生物跟著。

我知道諸戶宅院裡養著殘廢，但是他們都被關在打不開的房間裡，所以我尚未見過。八成是諸戶打開這些房間，放這群生物自由的吧。他們用各自的方法表露喜悅之情，寸步不離地跟著諸戶。

有個殘廢半邊臉長滿毛，看上去猶如塗著墨汁，即是俗稱的狼人。她的手腳正常，但似乎因為營養不良而發青，嘴裡念念有詞，看起來很開心。

另外有個足關節往反方向彎曲的孩子，看起來活像青蛙，年紀大約十歲，長得很可愛。他用行動不便的雙腳活蹦亂跳。

還有三個小矮人。大人的腦袋安在小孩的軀體上這一點，與一般侏儒無異。但是有別於秀場上所見的侏儒，他們看起來非常柔弱，四肢無力，宛若水母，似乎連走路都有問題。其中一人甚至站不起來，像個三歲小孩一樣在地上爬，模樣煞是可憐。三個人都是勉強用柔弱的身軀支撐龐大的腦袋。

註9／歌舞伎頭套的一種，通常用於盜賊或囚犯角色。

幽暗的長廊上，以雙身一體的雙胞胎為首，眾多殘障者齊聚一堂，給人一種難以言喻的異樣感。他們的外表看來頗為滑稽，然而正因為滑稽，反而令人發毛。

「啊，蓑浦，終於解決了。」

諸戶走向我，強顏歡笑地說道。

「解決？你把他們解決了？」

我以為諸戶殺了丈五郎夫婦。

「我把他們倆關進土倉裡。」

原來他謊稱有話要和父母說，引他們進入土倉，並趁機與雙胞胎一起逃出，把慌張失措的兩個殘廢關進土倉裡。後來我才知道，丈五郎之所以如此輕易中計，是有充分的理由。

「這些人是？」

我指著這群怪物問道。

「是殘廢。」

「可是，怎麼會養這麼多殘廢？」

「大概因為他們是同類吧。詳情以後再說，我們得加快動作。我希望能在那三個人回來之前離開這座島。他們出一趟門，五、六天內是不會回來的。我們要趁著這段期間找出寶藏，把這些人救出這座可怕的島。」

「你要怎麼處置他們？」

「你說丈五郎？我不知道。雖然這麼做很懦弱，但我打算一走了之。只要奪走財產、帶走這幫殘廢，他們變不出把戲，自然不會繼續為非作歹。總之，我不忍心控告他們，也狠不下心殺掉他們。雖然懦弱，我卻只能擱下他們一走了之。請你睜一隻眼、閉一隻眼吧！」

諸戶黯然說道。

三角形的頂點

由於所有的殘廢都很安分，我們把監視他們的工作交給小秀與小吉。小吉雖然蠻橫無理，但面對賦予他自由的諸戶，倒是乖乖聽命。

小秀用手勢向啞巴年嫂傳達諸戶的命令。年嫂的工作是每天替土倉裡的丈五郎夫婦和其他殘廢準備三餐。諸戶再三囑咐她絕不可打開土倉的門，飯菜只能從庭院的窗戶送進去。她並非真心服從丈五郎夫婦，反而是對暴虐的主人又怕又恨，因此明白緣由之後，便完全不再反抗。

諸戶辦起事來乾淨俐落，到下午已經善後完畢。諸戶宅院裡只有三個男傭，全都已離開宅院，所以我們才能如此輕易地打贏這場仗。站在丈五郎的立場，他以為我已經不在人世，更料不到土倉裡的道雄竟會如此反抗父母，一時大意把重要的護衛全數外派，而諸戶當機立斷，乘虛而入，順利將敵人一舉成擒。

三個男人為何出門？為何五、六天之內不會回來？我如此詢問，但是諸戶並未明確回答，只說：「基於某種理由，我知道他們的工作至少得花上五、六天。這一點可以確定，你放心吧。」

當天下午，我們一同前往烏帽子岩，繼續尋寶。

「我再也不想來這座討厭的島了。說歸說，要是我這麼一走了之，等於白白奉上資金供他們為非作歹。倘若島上藏有財寶，我們必須親手找出來。如此一來，能給住在東京的初代小姐的母親過好日子，也能給許許多多的殘廢過好日子。這是我的贖罪方式，也是我急於尋寶的動機。老實說，我理應把這件事公諸於世，交由檢警處理，可是我做不到。因為這麼做，等於是送父親上斷頭台。」

前往烏帽子岩的路上，諸戶辯解似地說道。

「我明白，也很清楚沒有其他方法。」

我是真的這麼想。過了片刻，我把話題帶到當務之急的尋寶上。

「比起寶藏本身，我對於解開密語、找出寶藏這件事更感興趣。不過，我到現在還是一頭霧水。你已經完全解開密語了嗎？」

「不試試看不知道，不過我自認是解開了。你應該也大致明白我的想法吧？」

「這個嘛，我只知道咒文的『神佛相會』，指的是烏帽子岩的鳥居影子和石地藏交疊的意思。」

「那就是明白了啊。」

「可是，我不知道『當破巽鬼』是什麼意思。」
「巽鬼指的當然是土倉的鬼瓦，這不是你告訴我的嗎？」
「這麼說來，打破鬼瓦，寶藏就藏在裡頭嗎？應該不是吧？」
「只要套用鳥居和石地藏的思維就行了。換句話說，不是鬼瓦本身，而是鬼瓦的影子，否則第一句話就變得毫無意義。丈五郎以為是鬼瓦本身，才爬上屋頂把鬼瓦拆下來。我從土倉窗口看見他打破鬼瓦，想當然耳，裡頭空空如也。不過多虧了他，我才能夠找到解開密語的線索。」

聞言，我有種被取笑的感覺，不禁滿臉羞紅。

「我真笨，竟然沒發現這一點。這麼說來，只要在鳥居的影子與石地藏交疊的時刻，尋找鬼瓦的影子投射的地點就行了？」

我想起諸戶曾經問起我的手錶準不準，如此說道。

「或許實際上並非如此，不過我是這麼想的。」

漫長的路上，除了這段對話以外，大多時候我們都不發一語。諸戶一直繃著臉，讓我也不由自主地跟著沉默下來。他必定是在思考自己逆倫囚禁父親之事。雖然他刻意不用「父親」兩字，直呼丈五郎的名字，但一思及那是自己的父親，難免意志消沉。

抵達目的地的海岸時，時間尚早，烏帽子岩的鳥居影子還在斷崖邊緣。

我們上緊手錶的發條，靜待時間推移。

雖然我們是坐在陰影處，但是當天一反常態，一點風也沒有，熱得我們汗流浹背。

鳥居的影子看似不動，其實是用肉眼無法辨識的速度，在地面上一點一點地爬行，逐步靠近小丘。

然而，在影子來到石地藏的十餘尺前時，我突然發現一件事，忍不住望向諸戶。諸戶似乎也聯想到同一件事，露出異樣的神色。

「照這樣看來，鳥居的影子不會投射在石地藏身上吧？」

「相差十餘尺。」諸戶失望地說道：「是我想錯了嗎？」

「或許寫下那串密語的時候，這座島上還有其他與神佛相關的東西。事實上，其他海岸也有地藏像的遺跡。」

「可是，投射影子的物體應該是位於高處，其他海岸並沒有這麼高的岩石，島中央的岩山上也沒有神社的遺址。這座島上的『神』應該只有這座鳥居而已。」

諸戶不死心地說道。

在我們談話之間，影子逐步前進，到達幾乎與石地藏肩膀同高的高度。仔細一看，投射在小丘山腰的鳥居影子和石地藏之間約有十二尺的差距。

諸戶凝視著這一幕，彷彿靈光一閃，突然放聲大笑。

「太可笑了，這個道理連小孩都懂，我們當真是犯傻了。」說著，他又哈哈大笑起來。

「夏天的日照時間長，冬天的日照時間短，你知道是為什麼嗎？哈哈哈哈，這是因為太陽和地球的相對位置改變之故。正確說來，物體的影子每天都是投射在不同的位置，一年只有兩次會投射在相同位置，就是太陽接近赤道的時候以及遠離赤道的時候，往返時各一次。這個道理再明白不過，不是嗎？」

「原來如此，我們當真是犯傻了。這麼說來，一年只有兩次的尋寶機會囉？」

「藏寶的人或許是這麼想的，而他誤以為這是增加挖寶難度的妙計。不過，倘若鳥居和石地藏真是尋寶的標記，我們用不著等到影子實際疊合，多得是其他方法。」

「只要畫個三角形就行了，對吧？以鳥居的影子和石地藏為兩個頂點。」

「沒錯，先求出鳥居影子與石地藏之間的角度，接著測量鬼瓦的影子時加上同樣角度，便能找出大概位置。」

由於目的是尋寶，縱然只是個小發現，也讓我們興奮不已。鳥居的影子正確抵達石地藏的高度時，我的手錶正好指向五點二十五分。我將時間抄在手冊上。

接著，我們爬下斷崖，又爬上岩石，大費周章地測量鳥居與石地藏的距離，並正確地計算鳥居影子和石地藏之間的差距，製作三角縮圖，抄寫在手冊上。明天下午五點二十五分，待我們確認諸戶宅院的土倉屋簷影子投射在何處，並藉由今天測量的角度計算誤差之後，便能找出藏寶地點。

然而，各位讀者，我們尚未完全解開那道咒文。咒文最後有句陰森恐怖的句子「勿迷失於六道」。六道指的是什麼？莫非在前方等著我們的是地獄般的迷宮？

古井底

當晚，我們在諸戶宅院的某個房間裡抵足而眠，而我不時被諸戶的聲音吵醒。他一整晚都作著惡夢。他不得不囚禁父母，幾天來的心痛令他的心靈失去平靜，這也怪不得他。諸戶的夢囈中常出現我的名字，一想到我在他的潛意識裡占據這麼重的分量，我便有些害怕。縱使我們是同性，他對我用情如此之深，我卻這樣若無其事地與他一起行動，似乎是種罪孽深重的行為。我輾轉難眠，認真地思考這件事。

隔天，在下午五點二十五分到來之前，我們無事可做。對於諸戶而言，這似乎是種痛苦。只見他獨自在海岸來回漫步消磨時間，好像不敢靠近土倉。

土倉裡的丈五郎夫婦不知是死了心，或是在等待那三個男人歸來，出奇地安分。我放心不下，不時到土倉前豎耳偷聽或從窗戶窺視，但是並未看見他們的身影，也沒聽見說話聲。啞巴年嫂從窗戶送飯時，諸戶的母親便會下樓，乖乖地接過飯。

殘廢們全都安安分分地待在同一個房間裡。有時候，我去找小秀聊天，小吉便會暴跳如雷，吼些聽不懂的話語。和小秀交談之後，我發現她比我想像中的更加溫柔聰慧，我們的感情也越來越好。小秀像個剛懂事的小孩，不斷向我提問，我則是知無不言、言無不盡。我厭惡野獸般的小吉，故意在他面前和小秀表現出親暱之態。見狀，小吉氣得漲紅臉扭轉身體，製造小秀的痛苦。

小秀很黏我，有時候為了見我，甚至會硬生生地拖著小吉來到我的房間。看見這一幕，我不知有多麼開心。事後回想起來，小秀對我的傾慕，竟種下莫大禍根。

殘廢之中最黏我的，是那個年約十歲、像青蛙一樣用四腳跳行的可愛小孩。他名叫阿茂，是個活潑的孩子，經常獨自在走廊上活蹦亂跳。他的腦筋似乎正常，喜歡口齒不清地說些人小鬼大的話語。

閒談就到此為止吧。到了傍晚五點，我和諸戶一起來到土牆外那個平時我藏身的岩石邊，仰望著土倉的屋頂等待時間到來。我們原本擔心雲朵會遮住太陽，所幸這一天萬里無雲，土倉東南側的屋脊在牆外投射出長長的影子。

「鬼瓦沒了，得多估兩尺。」

諸戶看著我的手錶說道。

「是啊。現在五點二十分，還有五分鐘。不過，這種岩地底下藏得了東西嗎？我總覺得不像真的。」

「不過，那裡有片樹林。就我目測，或許是在那一帶。」

「哦，那裡啊？那片樹林裡有一口很大的古井，來這裡的頭一天，我經過那裡的時候曾看過。」

我想起那個氣派的石造井欄。

「哦？古井怎麼會在那種怪地方？有水嗎？」

「好像已經乾涸了，井挺深的。」

「難不成以前那裡有其他宅院？又或是從前那一帶也屬於這座宅院？」

在我們談論之間，時間到了。我的手錶指針指向五點二十五分。

「昨天和今天的影子位置應該有些微不同，不過差不了多少。」

諸戶跑向影子的位置，一面用石頭在地面上做記號，一面喃喃自語。

接著，我們拿出手冊，記下土倉與影子位置之間的距離，計算角度，測量三角形的第三個頂點。果然如諸戶所料，是在那片樹林之中。

我們撥開茂密的枝葉，前往古井邊。四面八方都是鬱鬱蔥蔥的林木，既潮溼又陰暗。我們倚著石造井欄窺探井中，陰森森的冷氣從漆黑的井底直撲臉頰。

我們又重新測量一次距離，確定藏寶地點即是這口古井。

「居然是藏在這種沒有封閉的古井裡？太奇怪了。是埋在井底的土裡嗎？這口井仍在使用的時候，應該會定期清理井底吧，把寶藏藏在井裡未免太危險。」

我總覺得不太合理。

「你說到重點。單純藏在井裡，多沒意思啊！藏寶之人如此小心謹慎，豈會藏在這麼簡單的地方？你還記得咒文的最後一句嗎？『勿迷失於六道』。這口水井的底部八成有個橫洞，這個橫洞就是『六道』，說不定那就像迷宮一樣蜿蜒曲折。」

「瞧你說得天花亂墜的。」

「不，這可不是天花亂墜。這種岩石形成的島嶼原本就有許多洞窟，魔淵洞穴便是一例。雨水滲透地底的石灰岩層，便形成廣大的地下通道。這口水井的底部或許正好是地下通道的入口。」

「於是藏寶之人便利用這個天然迷宮來藏寶？若是如此，確實是種萬無一失的做法。」

「如此大費周章，可見得財寶一定價值不菲。不過，關於那道咒文，我還有一個地方不明白。」

「是嗎？剛才聽你說明，我還以為你已經完全明白了。」

「只是個小地方，就是『當破巽鬼』的『破』字。如果是挖掘地面尋寶，勉強算得上是『破』。可是從水井進入，並沒有破壞任何東西啊！這就是奇怪之處。那道咒文乍看之下很幼稚，其實是精心設計而成的。作者應該不會使用多餘的字眼，在無需破壞的地方用上『破』字。」

我們在幽暗的樹林裡談論片刻，後來覺得多想無益，決定先進入井中，調查有無橫洞。諸戶把我留在原地，返回宅院拿一條堅固的長繩。那是用來捕魚的工具。

我比諸戶矮小，體重也比較輕，因此接下查看橫洞的工作。

「我先下去看看吧。」

諸戶用繩子的一頭牢牢綁住我的身體，又把繩子中段纏在石造井欄上，雙手握住另一頭，配合我下降的速度慢慢地放繩子。

我將諸戶拿來的火柴收進懷中，抓緊繩子踏上井緣，緩緩往漆黑的井底下降。井壁從上到下都是凹凸不平的石板，生滿青苔，腳一踩上去便立刻滑下來。

下了約六尺之後，我點亮火柴窺探下方，但光靠火柴的火光看不見深邃的井底。我丟掉火柴棒，火光在一丈多深的下方消失。井底似乎殘留著少許井水。

我繼續下降四、五尺後，再度點燃火柴。在我打算窺探井底時，一陣怪風吹來，把火柴吹熄。我覺得奇怪，又點了一次火柴，並趁著火光尚未被吹熄時找到風口——確實有個橫洞存在。

仔細一看，距離井底兩、三尺處的石板上，有個約莫兩尺見方的破洞，連接著一條深不見底的橫洞。洞口極不平整，肯定是原有的石板被人打破之後造成的。那一帶的石板有些鬆動，似乎是拆卸過後又重新安放回去。我另外發現了三、四顆從井底的水中冒出來的楔型石，顯然是用來打破橫洞通道的。

諸戶的推測準確無誤，的確有橫洞，咒文的「破」字並非毫無意義。

我立刻拉著繩子回到地面上，告訴諸戶這些事。

「這可玄了，這麼說來，有人搶在我們之前進入橫洞？石板的拆卸痕跡是新的嗎？」

諸戶有些興奮地詢問。

「不，看上頭的青苔，好像是很久以前的。」

我據實以告。

「這可奇怪。有人進過橫洞是事實。編造咒文的人不會自行打破石板，所以鐵定是其他人。當然，也不會是丈五郎。或許有人比我們更早解開咒文。既然那個人發現橫洞，或許寶藏早已被他運走。」

「可是，這座島這麼小，如果那個人運走寶藏，一定會被發現。船隻停泊處也只有一處，外地人進來，諸戶宅院的人不可能沒看見。」

「沒錯。再說，像丈五郎這樣的壞人，豈會為了根本不存在的寶藏冒那麼大的風險殺人？他對於寶藏的存在一定有十足的把握。無論如何，我不認為寶藏已經被運走了。」

出師不利的我們不知該如何解讀這個古怪的事實，困惑了許久。倘若當時我們想起船夫說過的故事，並把兩件事連結起來，就絲毫不會擔心寶藏是否被運走了。不過，別說我，連諸戶也沒聯想到這一節。

讀者應該還記得船夫所說的古怪故事吧？十年前，曾有個自稱丈五郎堂兄弟的外地人來到這座島上，不久後，他的屍骸浮現於魔淵洞窟的入口。

不過，當時沒發現這件事，或許反倒是好事。倘若我們深入探討外地人的死因，說不定就沒有地底尋寶的勇氣。

八幡不知藪

總之，我們只能進入橫洞，確認寶藏是否還在。我們先回諸戶宅院一趟，備齊探險所需的物品：蠟燭數根、火柴、漁業用大刀、長麻繩（將用來編網的細麻繩接續起來纏繞成捆）等等。

「橫洞說不定很深。從『六道』這個字眼判斷，或許不光是深，還有分岔，就像八幡不知藪（註10）一樣。《即興詩人》（註11）裡不是有進入羅馬地下墓穴的情節嗎？我就是從這裡得到靈感，準備了這條麻繩。這是向畫匠費德利哥學來的。」

諸戶為自己小題大作的準備辯護。

之後我每次重讀《即興詩人》，讀到隧道那一段便會忍不住回憶起當時，渾身打顫。

註10／位於千葉縣市川市八幡的森林，自古以來便有一旦踏入就再也出不來的傳說。久而久之，被用來當作迷宮的泛稱。

註11／指安徒生的自傳體小說《即興詩人》（Improvisatoren）。

『深處有許多挖掘軟土而成的岔路，枝節之多、形狀之像，縱使是識得路途之人也不禁踟躕不前。我年幼無知，並不以為如何。畫匠準備就緒之後，便伴我入內。他先點起一根蠟燭，另一根揣於懷中，又取出一捆絲線，將一頭繫在入口，然後牽起我的手走進隧道裡。隧道頂端倏然變矮，有些地方僅容我站立行走……』

如此這般，畫匠與少年踏入地下迷宮，我們亦同。

我們依序抓著剛才的粗繩下到井底，水深僅到腳踝，但是和冰一樣冷。在站立的狀態下，橫洞的高度正好到我們腰部。

諸戶仿效費德利哥，先點燃一根蠟燭，並把麻繩的一頭牢牢繫在橫洞入口的某塊石板上。接著，我們一面放繩子，一面前進。

諸戶帶頭高舉蠟燭爬行，我則是拿著成捆的繩子隨後跟上，模樣活像兩頭熊。

「果然很深。」

「我快喘不過氣來了。」

我們一面爬行，一面小聲交談。

爬行約三十餘尺後，洞變得寬了些，彎著腰便能行走。不久，旁邊出現另一個洞口。

「是岔路，果然是八幡不知藪。不過，只要抓著這條引路繩就不用擔心迷路。我們先走大路吧。」

說著，諸戶沒理會橫洞，繼續往前走。走了十餘尺路以後，又出現另一個張開漆黑大口的洞穴。我們把蠟燭伸進洞口查看，發現這個橫洞似乎比較大，因此諸戶彎了進去。

道路就像爬行的蛇一樣蜿蜒曲折，忽左忽右、時上時下，有些地方地勢較低，宛若淺水沼澤般積著水。

橫洞和岔路多到令我記不清的地步。這裡和人造坑道不同，有些地方窄得只能爬行通過，有些地方猶如裂開的岩石般有著縱長的細縫。就在我們嘆為觀止之際，突然來到一處非常大的地洞。有五、六個洞穴從四面八方匯集到這個地洞來，形成一座錯綜複雜的迷宮。

「好驚人，活像蜘蛛腳一樣擴散。沒想到這個地洞的規模居然這麼大。照這樣看來，這個地洞或許可以通往島上的任何一端。」

諸戶一臉疲倦地說道。

「麻繩所剩不多了，不知道能否在用完之前走到盡頭？」

「或許不行。沒辦法，繩子用完了就先回去一趟，拿條更長的過來吧。話說回來，你可千萬別放開這條繩子。沒了迷宮的路標，我們會迷失在地底。」

諸戶的臉龐散發著暗紅色光芒。由於燭火位於他的下巴底下，臉部陰影呈現上下顛倒狀態，臉頰和眼睛上方多了道陌生的影子，使他看上去活像是另一個人。每當他說話，猶如黑洞的嘴巴便張得異常地大。

微弱的燭光僅能照亮六尺見方的空間，連岩石的顏色都不甚分明。純白的洞頂呈現陰森可怖的凹凸狀，凸出的部分不時滴下水滴。這裡似乎是個鐘乳石洞。

不久後，道路轉為下坡，不斷地往下降，令人有些發毛。

在我眼前，諸戶的漆黑身影左搖右晃地往前邁進。每當他左右搖晃，手上的燭火便跟著忽隱忽現。凹凸不平的暗紅色岩壁，看似不斷從我們的頭頂上方向後移動。

隨著我們前進，上方和左右的岩壁彷彿也漸漸遠離視野。片刻過後，我們來到某個寬敞的地洞。仔細一看，我手上的繩子已所剩無幾。

「啊，沒有繩子了。」

我不禁脫口說道。我並未扯開嗓門說話，巨大的聲音卻在耳邊轟然作響。隨即，某個方向又傳來一道小小的聲音回應：

『啊，沒有繩子了。』

原來是地底的回音。

聽見這道聲音，諸戶驚訝地回過頭來，把蠟燭對著我問：「咦？什麼？」

火焰搖搖晃晃，照亮他的全身。此時，隨著「啊」的尖叫聲，諸戶的身體突然從我的視野中消失，燭光也同時不見了。接著，遠方傳來諸戶層層疊疊、越來越小的叫聲：「啊！啊！啊……」

「道雄大哥！道雄大哥！」

我連忙呼喚諸戶的名字。

『道雄大哥！道雄大哥！道雄大哥！道雄大哥！』回音嘲弄著我。

一股非比尋常的恐懼襲來，我伸手摸索，追趕諸戶，誰知竟踩空，往前撲倒。

「好痛！」

諸戶在我的身體底下叫道。

天啊！地面突然矮了兩尺，我們倆一上一下地摔倒在地上。諸戶摔倒時狠狠撞著了膝蓋，一時間痛得無法答話。

「這一跤跌得可真夠疼的。」

諸戶在黑暗之中說道。他似乎站了起來，不久後，「唰」的一聲，諸戶的身影浮現於黑暗之中。

「你沒受傷吧？」

「沒事。」

諸戶點上蠟燭，再度邁開腳步，我跟隨在他身後。

然而，走了十餘尺，我突然停下腳步。我發現自己的右手空空如也。

「道雄大哥，蠟燭借我一下。」

我按捺著狂跳的心臟，呼喚諸戶。

「怎麼了？」

諸戶詫異地遞出蠟燭，我一把搶過，照耀著地面來回走動。

「沒事、沒事。」

我不斷這麼說。

然而，任憑我如何尋找，光靠微弱的燭光，實在找不到細細的麻繩。

我不死心地在寬廣的洞窟裡四處尋找。

諸戶似乎察覺了，突然跑過來抓住我的手臂，急切地叫道：

「你把繩子弄丟了？」

「對。」

我用悲慘的聲音回答。

「糟糕，沒有繩子，說不定我們一輩子都得在地底繞圈子。」

我們驚慌失措，拚命尋找繩子。

我們是在高低不平的地方跌倒，只須尋找同一帶即可。於是我們就著燭光，邊走邊查看地面，誰知四處都有高低不平的地面，朝著洞窟張開血盆大口的狹窄橫洞也不只一、兩個，根本分不清那條才是來時路。非但如此，在尋找繩子的期間，我們隨時可能迷失方向，因此越是尋找，心裡越發不安。

事後，我想起《即興詩人》的主角也有相同經歷。森鷗外的名譯筆，生動地描繪了少年的恐懼。

『當時周圍靜謐無聲，只有岩石間的寂寥滴水聲斷續作響……我回過神來，望向畫匠，怪哉，只見畫匠長吁一聲，於同一處來回奔跑……見他神色如此異常，我也起身嚎啕大哭……我攀著畫匠的手，吵著要回地上，不願多留片刻。畫匠連忙好言相勸：「好孩子，我給你畫圖、給你糕點。這兒還有些錢。」說著，他摸索懷中，取出錢囊，將囊中錢幣盡數給我。我接過錢幣時，竟未察覺畫匠的手寒冷如冰，顫抖不已……他低下頭來親吻我數次，說道：「可憐的孩子，一同向聖母祈禱吧！」我大叫：「你弄丟了絲線？」……』

《即興詩人》的主角們不久便找到線頭，平安無事地離開地下墓穴。然而，同樣的幸運可會降臨到我們身上？

麻繩的切口

有別於畫匠費德利哥，我們沒有向神祈禱。不知是不是因為這個緣故，我們未能像他們那般輕易找到線頭。

我們發狂似地尋找一個多小時，雖然身在冰涼的地底卻渾身是汗。出於絕望與對諸戶的歉意，我好幾次都想乾脆倒在冰冷的岩石上嚎啕大哭。倘若不是諸戶的強烈意志鼓舞著我，或許我早已放棄搜索，枯坐在洞穴之中等死。

棲息於洞裡的大蝙蝠一再弄熄我們的燭火。牠們駭人的毛茸茸身體撞上的不只有蠟燭，還有我們的臉。

諸戶不厭其煩地點燃蠟燭，按部就班地搜索洞窟。

「別慌張，東西確實在這裡，只要冷靜下來，沒道理找不到。」

他發揮驚人的執著，繼續搜索。

多虧諸戶的沉著，我們終於發現麻繩的繩頭。然而，這是個悲哀至極的發現。

抓住繩頭時，諸戶和我都欣喜萬分，險些手舞足蹈、大呼萬歲。樂不可支的我一抓起繩頭便開始收繩，根本無暇懷疑繩子為何收個沒完。

「奇怪，繩子拉起來是鬆的？」

一旁觀看的諸戶察覺有異，如此說道。經他這麼一說，的確不對勁。我不知道其中帶有什麼不幸的意義，又使勁拉了一把。只見繩子如蛇一般起伏地朝我飛來，我一時收勢不住，一屁股跌坐在地。

「別拉！」

就在我跌坐下來的同時，諸戶如此大叫。

「繩子斷了，拉不得。先就地擱著，我們循著繩子折回入口看看。只要不是斷在中間，應該可以走回入口附近。」

我聽從諸戶的意見，將蠟燭湊近地面，沿著地上的繩子折回原路。不過，啊，老天真是捉弄人，我們的路標居然斷在第二個寬敞地洞的入口。

諸戶撿起麻繩的繩頭，湊近燭火端詳片刻，又將繩頭遞給我。

「你看看這個切口。」

他說道。我不解其意，手足無措，於是他又進一步說明：

「你以為繩子是因為你剛才跌倒時使勁拉扯而斷裂，並為此感到內疚，對吧？放心，並不是這麼一回事。不過對我們而言，實情更加可怕。你瞧，這個切口絕不是因為摩擦岩角而斷裂，是被銳利的刀刃切斷的。別的不說，倘若真是在用力拉扯之下摩擦斷裂，應該會斷在離我們最近的岩角才對。可是，繩子卻是在入口附近被切斷的。」

我檢視切口，諸戶說的果然沒錯。接著，為了確認繩子是不是在入口附近——也就是我們進入地底時繫繩的石板那一帶——被切斷的，我們又把繩子捲成一捆，只見繩團的大小果然和原來相差無幾。毫無疑問，有人在入口附近切斷繩子。

我不清楚起先我收了多少繩子，大約有一百八十尺吧。不過，倘若繩子是在我們跌倒之前被切斷的，或許我們已經拖著另一頭沒繫住的繩子走了好一段時間，難以估算現在的位置和入口之間有多少距離。

「不過，杵在這裡也不是辦法，走一步算一步吧。」

說著，諸戶換了根新蠟燭，率先邁開腳步。這個廣大的地洞有好幾條岔路，我們從繩子斷裂處筆直前進，走向盡頭的洞穴。我們認為入口應該是在這個方位。

我們不時遇上岔路，也曾走進死胡同。每回折返，往往分不清哪條才是來時路。我們不只一次走到寬敞的地洞，卻不知道那是不是起初出發時的那個地洞。光是要找在同一個洞窟裡繞上一圈便一定找得到的繩頭，就費了我們那麼大的功夫，更何況現在我們踏進錯縱複雜的八幡不知藪，當然更加束手無策。

諸戶說：「只要找得到一絲光線就足夠了。朝著光源走，一定能走到入口。」然而，我們連豆大的光點都沒發現。

我們轉來繞去，走了一小時左右，如今連自己究竟是朝著入口或深處前進，以及位於島嶼的哪一帶都搞不清楚。

又出現一條陡急的下坡路，下坡路底下同樣是個寬敞的地洞。從地洞中央開始，地勢逐漸上升。我們不以為意地繼續前行，遇上一座高了一截的平台，爬上去一看竟然是面牆壁。我們大為傻眼，一屁股在平台坐下。

「我們是不是一直在同一條路上打轉啊？」我真的有這種感覺。「人類真窩囊，不過是座蕞爾小島，就算從這一頭走到另一頭，也要不了多少路程。在我們的頭頂上有閃耀的太陽，有人家也有居民。我不知道這之間的距離有六十尺或一百二十尺，只知道我們居然連穿透這點距離的本事也沒有。」

「這就是迷宮的可怕之處。有種名叫八幡不知藪的遊樂設施，不過是個六十尺見方的竹林，從竹林縫隙間即可看見出口，卻怎麼走也走不出去。現在的我們正是中了這種魔法。」諸戶一派鎮定。「這種時候乾焦急也沒用，得靜下心來慢慢思考。要離開這裡，靠的不是雙腳，而是頭腦。我們必須好好思考迷宮這玩意兒的性質。」

說著，他叼起進入洞穴以後的頭一根菸，用蠟燭點上火。「蠟燭也得省著點用。」諸戶吹熄了蠟燭，在伸手不見五指的黑暗中，香菸的火光劃出一個紅點。

身為瘾君子的諸戶在進入水井以前，順手從行李中拿了一盒西敏寺香菸放入懷裡。抽完第一根菸以後，他沒有浪費火柴，直接用菸頭的火點燃第二根菸。在第二根菸燒去一半之前，身處黑暗中的我們都默默無語。諸戶若有所思，我則是連思考的氣力也沒有，軟綿綿地倚著身後的牆壁。

「只剩這個辦法了。」黑暗之中，突然響起諸戶的聲音。「你覺得把這個洞窟裡的所有岔路加起來，總共有多長？一里？兩里？頂多就這個數字吧！假設有兩里長，我們加倍走個四里路就夠了。只要走上四里路，我們一定能夠離開這裡。要征服迷宮這個怪物，只剩下這個辦法。」

「不過，如果我們一直在同一個地方繞圈子，走再多里路也沒用啊！」

我已經瀕臨絕望。

「有個方法可以防止我們在原地繞圈子。我是這麼想的，假設我們用一條很長的絲線圍成一個圓圈，放在板子上，並用手指勾勒出許多曲線。換句話說，就是把線圈的形狀弄得像楓葉那樣錯綜複雜。試想，這個洞穴不是正好和線圈一樣嗎？洞穴兩側的牆壁就等於絲線。如果這個洞穴和絲線一樣可以任意改變形狀，把所有岔路兩側的牆壁拉開，便會形成一個大圓，不是嗎？這和把彎彎曲曲的絲線拉回原來的圓形是相同的道理。

再來，假設我們一面用右手摸著右邊的牆壁一面前進，若是走到死路，便從另一邊折返，右手依然不離牆壁，等於把同一條路走兩次。既然牆壁是個大圓周，只要我們一直走下去，一定能夠抵達出口。拿絲線的例子來看，就更加清楚。倘若把所有岔路拉直共有兩里路，我們只要加倍走上四里路，便能夠自然而然抵達原來的出口。雖然像是繞遠路，卻是唯一的辦法。」

幾乎陷入絕望的我聽了這條妙計，忍不住挺直上半身，急切地說道：

「沒錯、沒錯，我們現在立刻試試看吧！」

「當然得試，但不用急於一時。我們得走上好幾里路，充分休息以後再啟程比較好。」

說著，諸戶扔掉變短的香菸。

紅色的火星猶如老鼠炮一般滾到十餘尺外，「滋」一聲消失了。

「咦？那裡有積水嗎？」

諸戶不安地說道。

同時，我聽見一陣怪聲。那是一種宛若水從瓶口汩汩流出的異樣聲音。

「有種怪聲。」

「是什麼聲音？」

我們豎耳聆聽，聲音變得越來越大。諸戶連忙點亮蠟燭，高高舉起照亮前方。不一會兒，他發出了驚叫聲。

「水，是水！這個洞穴的某處和大海相通，漲潮了！」

仔細想想，剛才我們曾經過一個陡急的下坡，或許這裡的地勢比海平面更低。倘若真比海平面低，漲潮的海水一旦流入，水位必定會不斷增加，直到與外頭的海平面齊高為止。

我們坐在這個洞窟裡最高的平台上，因此沒發現海水已經來到幾尺前。

我們下了平台，涉水行走，用最快的速度折回來時路。啊，可是我們已經錯過時機，諸戶的沉著造成反效果。水位越來越高，來時的洞穴已然被水淹沒。

「找找看有沒有其他洞穴吧！」

我們一面胡亂嚷嚷，一面在洞窟周圍奔跑，尋找其他出口。不可思議的是，水面上竟沒有半個洞口。說來不幸，我們就像溫度計的水銀珠一樣，鑽進死胡同。就我猜測，海水應該是從我們來時洞穴的另一頭迂迴流入的。水位上漲的速度非常快，令我們忐忑不安。倘若水位只是隨著漲潮上升，速度應該不至於這麼快，這正是這個洞窟位於海平面之下的證據。漲潮時，海水便從退潮時微微露出海面的岩石裂縫一口氣湧了進來。

在我思索之間，海水已經湧到我們避難的平台下方。

我們倏然驚覺有某種東西正陰森森地在周圍爬動，舉起蠟燭一看，五、六隻大螃蟹在海水的追趕之下爬上來。

「啊，沒錯，一定是這樣。蓑浦，我們沒救了。」

諸戶不知想起什麼，突然悲傷地大叫。他那悲痛的聲音彷彿掏空我的心。

「魔淵的漩渦流進這裡來了。這些水的源頭就是魔淵。這下子我全都明白了。」諸戶繼續尖聲說道：「從前船夫跟我們說過，一個自稱丈五郎堂兄弟的男人造訪諸戶宅院不久後，便浮屍於魔淵。那個男人肯定是讀了那段咒文，發現了祕密，和我們一樣進入這個洞窟，打破水井石板的也是他。而他同樣在洞窟裡迷路，和我們一樣遭受水攻，因而喪命。之後，他便隨著退潮流出魔淵。船夫不是說過嗎？他是從洞穴中流出來，浮上水面。所謂的魔淵之主，指的便是這個洞窟。」

在說話時，水已經漲到我們的膝蓋。無可奈何之下，我們只能站著，盡可能地拖延溺水的時間。

摸黑游泳

小時候，我曾把被關進捕鼠籠的老鼠連著籠子放入臉盆裡，澆水淹死牠。因為其他的殺鼠方法——比如用火筷刺入老鼠的嘴巴——實在太過可怕，我下不了手。然而，水攻也非常殘忍。隨著臉盆逐漸蓄滿水，恐慌的老鼠開始在狹窄的籠子中四處狂奔，往上攀爬。「牠現在一定很後悔吃了捕鼠籠裡的餌吧。」一思及此，我心裡有種說不出的感覺。

不過我不能放老鼠一條生路，只能不斷灌水。眼看著水面即將攀升至籠子頂端，老鼠奮力地從龜甲形網洞之間朝上方伸出淡紅色嘴巴，一面慌亂哀鳴，一面苟延殘喘。

我閉上眼睛倒入最後一杯水之後，便逃進房間，視線始終不敢移向臉盆。過了十分鐘，我戰戰兢兢地返回查看，只見老鼠已經渾身腫脹地浮在籠子裡。

身在岩屋島洞窟中的我們，際遇就和這隻老鼠相同。我站在洞窟裡地勢較高的位置，在黑暗中感受著逐漸爬上腳邊的水面，突然想起當時的老鼠。

「滿潮時的水面和這個洞窟的頂端，不知哪個比較高？」

我伸手摸索，抓住諸戶的手臂，如此叫道。

「我也正在思考這個問題。」

諸戶靜靜地回答。

「想要知道答案，只要計算我們走過的下坡路和上坡路哪個比較多，以及兩者的高低差距就行了。」

「我們走過的下坡遠比上坡多啊！」

「我也這麼覺得。即使扣掉地面與海平面的差距，還是下降得比較多。」

「那我們沒救了？」

諸戶沒有回答，我們茫然呆立於墓穴般的黑暗與沉默中。水面緩慢但確實地上升，越過膝蓋來到腰間。

「用你的腦筋想個辦法。要我坐以待斃，我受不了。」

我冷得發抖，發出哀號聲。

「等等，現在絕望還太早。剛才我藉著燭光查看過了，這個洞窟越往頂端越狹窄，呈現不規則的圓錐形。只要洞頂的岩壁沒有裂縫，狹窄的洞頂就是我們的一線生機。」

諸戶一面思索一面說道。我不明白他的意思，也沒有多餘的氣力反問。面對已經湧上腹部的海水，我只能搖搖晃晃地抓緊諸戶的肩膀。總覺得只要稍不留意，就會打滑而一頭栽進水裡。

諸戶伸手環住我的腰，牢牢抱著我。一團漆黑之中，我連他僅隔兩、三寸的臉龐都看不見，卻可以聽見規律又強烈的呼吸聲。他熱呼呼的氣息吹到我臉頰上，隔著浸水的西服，我可以感受到他結實的肌肉溫暖地擁抱著我。諸戶的體味在我身邊飄盪，這絕非令人不快的感覺。這一切的一切都讓黑暗中的我變得更加堅強。多虧諸戶，我才能繼續站著。如果沒有他，或許我早已沉入水裡。

不過，水位絲毫沒有停止上漲的跡象，轉眼間便超過腹部抵達胸口，直逼喉嚨。再過個一分鐘，鼻子和嘴巴也會浸水，若要繼續呼吸，只能游泳了。

「沒救了，諸戶大哥，我們死定了。」

我發出嘶啞的聲音。

「不可以放棄希望，直到最後一秒鐘都不可以放棄希望。」

諸戶用遠遠不必要的高聲大吼。

「你會游泳嗎？」

「會是會，可是我已經不行了，乾脆死掉算了。」

「說什麼喪氣話？沒事的，只是黑暗讓你變得怯懦。振作點，撐到最後一刻。」

後來，我們必須浮在水上稍微立泳才能繼續呼吸。

想必過不了多久，我們的手腳便會開始疲勞吧。此外，雖然時值夏天，但是地底的寒氣依然足以使我們的身體逐漸凍僵。即使沒有發生上述情形，待水淹到洞頂，我們又能如何？我們並不是可以在水中生活的魚類。愚昧的我忍不住胡思亂想。在這種狀態下，要我如何不放棄希望？

「蓑浦！蓑浦！」

諸戶用力拉扯我的手，我回過神來，才發現我在半夢半醒之間沉進水裡。

「這樣的情形繼續重演，最後我們的意識便會漸漸模糊，一命嗚呼。啊，原來死亡是如此輕鬆悠閒的事啊！」

我宛若即將沉入夢鄉一般，恍恍惚惚地如此暗想。

不知又過了多久？像是許久，又像是一瞬間，諸戶發狂般的叫聲驚醒我。

「蓑浦，得救了！我們得救了！」

然而，我沒有氣力回答，只是無力地抱緊諸戶的身體，示意我明白了。

「蓑浦、蓑浦。」諸戶在水中搖晃著我。「你不覺得呼吸起來有點奇怪嗎？不覺得空氣和平時不太一樣嗎？」

「嗯、嗯。」

我迷迷糊糊地回答。

「水位不再上漲，停住了。」

「退潮了嗎？」

聽到這個好消息，我的腦袋變得清醒一些。

「或許是。不過，我認為另有原因。空氣變得有些異常。我想這是因為空氣無處可去，壓力使得水位無法繼續攀升。剛才我不是說過嗎？洞頂很狹窄，只要沒有裂縫，我們便會得救。打從一開始我就是這麼想的，是空氣的壓力救了我們。」

雖然洞窟囚禁了我們，但是洞窟本身的性質卻也救了我們。

接下來的細節寫了也沒什麼意思，就快速帶過吧。總之，我們逃過水難，得以繼續進行地底之旅。

雖然距離退潮尚有一段時間，不過得知已逃過一劫，令我們士氣大振；退潮前多在水裡漂浮片刻，也算不上什麼。不久，潮水退了，以漲潮時的速度迅速地退去。海水的入口似乎位於比洞窟更高的地方，因此當潮水漲到某個水平以上時，海水便一口氣灌進來。但是海水並不是從入口退去的，洞窟裡有許多難以察覺的裂縫，海水即是從這些裂縫流出去。如果沒有這些裂縫，這個洞窟應該隨時充滿海水。過了數十分鐘後，我們終於能夠站在乾涸的洞窟地面上，得救了。然而，雖然我不是說書人，還是要說句「一波未平，一波又起」。我們的火柴因為剛才的水災而全數受潮，即使有蠟燭也點不著火。發現這件事時，四周一片漆黑，伸手不見五指，但是我敢肯定我們倆都是臉色發青。

「只能摸黑走路了。不要緊的，我們已經適應黑暗的環境，或許摸黑走路對於方位反而比較敏感。」

諸戶用泫然欲泣的聲音倔強地說了這番話。

絕望

於是，我們按照諸戶剛才的提議，右手摸著右側牆壁行走，倘若走到盡頭，便沿著對側的牆壁折返，右手始終不離牆壁。這是我們脫離迷宮的最後一個方法。

為了避免走散，我們不時呼喚彼此。除此之外，只是默默行走於無盡的黑暗中。我們疲憊不堪，遭難以忍受的飢餓侵襲，而這又是一段不知何時告終的旅程。走著走著（在黑暗中活像原地踏步一樣），我開始有些恍惚。

春天的原野裡百花盛開，白雲飄浮於空中，雲雀開朗地歌唱。死去的初代和雙胞胎小秀正在摘花，她們的身影猶如自地平線浮起一般鮮明。小秀的身體沒有和那個惹人厭的小吉連在一起，只是個普通的美麗姑娘。

幻覺或許是瀕死之人的安全閥。由於幻覺隔離了痛苦，我的神經才不至於死亡，致命的絕望才得以緩和。話說回來，當時的我在行走之間看見這種幻覺，或許正好可以證明我和死亡只有一線之隔。

我完全不知道我們走了多久、多遠，一直觸摸牆壁的右手指尖磨破皮，雙腳成了自動機械。我不覺得是靠自己的力量在行走，甚至懷疑自己能否停下這雙腳。

我們大概走了整整一天，又或許是兩、三天也說不定。每當我絆倒，倒在地上呼呼大睡，都是諸戶叫醒我，讓我繼續走路。

然而，就連諸戶自己也筋疲力盡。他突然叫道：「別走了！」在原地蹲下來。

「終於可以死了？」我宛若期待已久般問道。

「嗯，是啊。」

諸戶答得理所當然。

「仔細想想，我們再怎麼走也走不出去。我們已經走了五里以上的路，地下道再長，也不可能長到這種地步。這是有理由的，而我居然現在才明白這個理由，實在太糊塗了。」

他氣喘吁吁，活像瀕死的病人，用哀傷的聲音繼續說道：

「打從好一陣子前，我就把注意力集中在指尖，記下岩壁的形狀。當然，我不可能完全摸透，或許也可能只是錯覺，但我總覺得，每隔約一小時，我就會摸到形狀完全相同的岩壁。這代表我們已經在原地打轉很久。」

我已經不在乎了。諸戶這番話雖然有聽進耳裡，卻沒往心裡去。然而，諸戶猶如交代遺言一般，繼續說道：

「我居然以為這麼複雜的迷宮裡必有盡頭——也就是形成一個完整圓圈，實在太糊塗了。這裡是迷宮中的離島。以線圈比喻，就像一個凹凸不平的大圓圈裡有個小圓圈，而我們的出發點就是小圓圈的牆壁。這道牆雖然同樣凹凸不平，卻沒有盡頭，我們只是一直繞著離島打轉而已。既然如此，何不放開右手，改用左手摸著左側牆壁行走？可是，離島不見得只有一座。倘若又碰上另一座離島的牆壁，我們仍舊得沒完沒了地繞圈子。」

現在寫出來一看，似乎條理分明，但是諸戶當時是邊想邊說，宛若囈語，而我也是懵懵懂懂，猶如作夢般地聽著。

「理論上，我們有百分之一的可能性離開這裡。只要我們運氣夠好，摸到最外圍的大線圈就行了。不過，現在我們沒有這等毅力，我們已經連一步都走不動。絕望的時刻終於到來，我們就一起死在這裡吧！」

「是啊！一起死吧！這是最佳選擇。」

我昏昏欲睡，帶著豁出去的心情悠哉地回答。

「一起死吧！一起死吧！」

諸戶也重複著不祥之語，漸漸地，猶如麻醉藥生效一般，他的口齒開始變得模糊不清，全身一軟倒了下來。

然而，頑強的生命力並沒有讓我們死在這等小事。我們睡著了，進入洞穴之後未曾闔眼的疲勞化為絕望，朝我們席捲而來。

復仇魔鬼

不知我睡了多久？我作了個令胃袋燒灼的夢而醒過來。身體一動，關節便猶如犯神經痛似地刺痛難耐。

「你醒了？我們仍在洞穴裡，還活著。」

先一步醒來的諸戶察覺我的動靜，溫柔地對我說道。

當我清楚地意識到自己仍然活在這個沒有水、沒有食物，而且永遠無法脫離的黑暗中時，不禁嚇得發抖。睡眠恢復我的思考能力，更令我恨不得咒罵幾句。

「好可怕，我好害怕。」

我摸索諸戶的位置，靠向他身邊。

「蓑浦，我們再也無法回到地面上了。沒有人看見我們，連我們自個兒都看不見彼此的臉。待我們死在這裡以後，我們的屍首大概永遠不會被人發現吧。這裡沒有光，也沒有法律、道德與習俗，人類全都滅亡了，是另一個世界。在死前這段短暫的時光裡，我要將這些事拋諸腦後。現在的我們沒有羞恥心，沒有禮儀，沒有繁文縟節，沒有猜疑。我們是出生在這個黑暗世界、相依為命的兩個嬰兒。」

諸戶宛若在朗讀散文詩般訴說著，並將我拉過去，用手環住我的肩膀，牢牢地抱著我。每當他轉動脖子，我們的臉頰便互相磨蹭。

「有件事我一直瞞著你。不過，那是人類社會的習俗與繁文縟節，在這裡沒什麼好隱瞞的，也沒什麼好羞恥的。我要說的是我父親的事，是那個禽獸的壞話。我說了，你不會瞧不起我吧？畢竟對於我們而言，父母、朋友不過是前世的一場夢罷了。」

接著，諸戶道出一樁醜惡離奇的稀世大陰謀。

「你也知道，留宿諸戶宅院的那一陣子，我天天都在廂房裡和丈五郎爭論。當時，我得知他的祕密。

諸戶家的前任當家姦淫一個貌若怪物的駝子女傭，生下丈五郎。當然，他另有正室，之所以姦淫這樣的怪物，純粹是出於一時好玩。說來真是因果循環，生下的孩子竟是個比母親更加醜陋的殘廢。丈五郎的父親厭惡這對母子，花了筆錢把他們放逐到島外。由於駝子女傭並非正室，所以丈五郎是冠母姓，亦即『諸戶』。丈五郎現在已經是樋口家的戶長，但他對於正常人的恨意太深，竟連『樋口』這個姓氏也恨之入骨，始終使用『諸戶』為姓氏。

駝子女傭帶著剛出生的丈五郎，在本島的深山裡過著乞丐般的生活，詛咒世間、詛咒世人。長年以來，丈五郎都是聽著這種詛咒聲化成的搖籃曲長大。他們宛如另一個世界的野獸，對正常人又懼又恨。

丈五郎對我訴說了許多他成年之前的煩惱、痛苦及旁人的迫害。駝子女傭臨死之前，只留下詛咒給他。丈五郎在成年之後，因緣際會地來到這座岩屋島，正好當時樋口家的繼承人，也就是丈五郎的異母哥哥擱下美麗的妻子和剛出生的孩子過世了，丈五郎便抓住這個機會，入主樋口家。

說來也是命運捉弄，丈五郎愛上嫂嫂。他利用監護人的立場，用盡手段追求那位婦人，但婦人只留下一句無情的話語：『要我屈從殘廢，不如死了算了。』便帶著孩子悄悄逃出島外。丈五郎提起此事的時候，臉色發青、咬牙切齒、渾身打顫。從前他詛咒正常人，只是出於殘廢的嫉妒心；但是從那一刻起，他真正化為詛咒人世的魔鬼。

他四處尋找，找到一個比自己更加醜陋的殘廢女子，與她結婚。這是他對全人類復仇的第一步。非但如此，只要看到殘廢，他就會帶回家中豢養。他甚至祈禱，若是妻子懷了孩子，生下的最好不是正常人，而是更醜陋、更醜陋的殘廢。

然而，命運捉弄人，殘廢雙親生下的是我，和他們沒有半點相像之處的正常人。這對父母只因為我生為正常人，竟連親生兒子也一併恨上了。

隨著我日漸成長，他們對人類的恨意也越來越深。之後，他們開始籌劃一個令人毛骨悚然的陰謀。他們派人到遠方四處收購貧窮人家的小孩，嬰兒越是美麗、越是可愛，他們就越是笑得合不攏嘴。

蓑浦，我們現在處於死亡的黑暗中，所以我才敢向你坦白——他們動起了製造殘障者的歪腦筋。

中國有本書叫《虞初新志》，你讀過嗎？書中記述了將嬰兒裝在箱中使其殘廢，再賣給江湖藝人的故事。還有，我記得雨果的小說裡也曾提及從前有個法國醫生做過相同的生意。或許製造殘障者是每個國家都曾經發生過的事也說不定。

當然，丈五郎並不知道這些先例，只是想出其他人也想過的點子而已。然而，丈五郎的目的並非賺錢，而是向正常人復仇，因此比這些生意人更加執拗，也更加可怕好幾倍。他把小孩裝進箱子裡，只露出頭部，以遏止成長，製造侏儒；剝下小孩的臉皮植上別的皮，製造狼人；切斷小孩的手指，製造三指人，並把這些成品賣給秀場。前些日子，三個男人載著箱子出航，就是為了出口人造殘障者。他們把船停靠在沒有港口的岩岸邊，翻山越嶺到鎮上與壞人交易。我之所以敢斷定他們幾天內不會回來，就是因為知道內情。

丈五郎開始幹這些勾當，正好是我央求他讓我去東京讀書的時候。於是，他開出成為外科醫師的條件，答應我的要求，並欺騙不知情的我，表面上掛著治療殘障者的動聽名目，骨子裡卻是要我進行製造殘障者的研究。每當我製造出雙頭蛙或尾巴長在鼻子上的老鼠，他便會寫信鼓勵我。

他不准我回鄉，就是怕思慮成熟的我發現他製造殘障者的陰謀。他認為還不是向我說出計畫的時候。至於他把馬戲團男童友之助收為爪牙的過程也不難想像。不光是殘障者，他甚至還製造了嗜血的殺人魔。

這次我突然回來指責他是殺人凶手，他才向我吐露殘障者的詛咒，並淚流滿面地磕頭求我運用我的外科知識，幫助他完成生涯復仇大業。

好可怕的妄想。他居然想讓整個日本都充滿殘廢，連一個健康的人也不留。他想製造殘障者的國度，還說這是諸戶家代代子孫都得遵守的戒律。就像開鑿上州一帶的天然巨岩創建岩屋飯店的老人一樣，他要後世子孫代代相承，完成這個復仇大業。這簡直是惡魔的妄想，魔鬼的烏托邦。

他的身世的確可憐，可是，就算他再怎麼可憐，豈能把無辜的孩子裝進箱子裡、剝皮、送到秀場給人看笑話呢？我又豈能幫助他達成這種地獄般的殘忍陰謀？再說，我只是在道義上覺得他可憐，不知道為什麼，我無法打從心底同情他。說來奇怪，我始終不覺得他是我的父親，母親也一樣。世上哪有母親會姦淫自己的孩子？那對夫婦是天生的魔鬼、是禽獸，他們的心靈和身體一樣扭曲。

蓑浦，這就是我父母的真面目。我是他們的孩子，是把比殺人殘酷數倍的事當成一生志業的惡魔之子。我該怎麼辦？

老實說，在洞穴裡弄丟引路繩時，我心底有種如釋重負的感覺。一想到我永遠不必離開這片黑暗，甚至感到很開心。」

諸戶用不斷顫抖的雙手用力抱緊我的肩膀，忘我地訴說。他的淚水撲簌簌地落在我緊緊相貼的臉頰上。

面對如此荒誕不經的事態，失去批判能力的我只能任由諸戶擺布，緊緊地縮起身子。

有件事我亟欲發問而心癢難耐，但又不希望被當成自私自利的人，只好按捺片刻，等待諸戶冷靜下來。

我們在黑暗之中相擁，不發一語。

「我真傻，在這個地下的另一個世界裡，已經沒有父母、道德或羞恥心可言。我再怎麼激動，又有何用？」

過了許久，恢復冷靜的諸戶低聲說道。

「這麼說來，小秀和小吉這對雙胞胎也是……」我趁機詢問：「人工製造的殘障者？」

「當然。」

諸戶像是不吐不快：

「閱讀那本日記之後，我就知道這件事了。同時，也是那本日記讓我隱約察覺到丈五郎幹的勾當，以及他要我研究那種詭異解剖學的理由。不過，我不願意告訴你。我可以坦承父親是殺人凶手，可是人體變形之事我實在難以啟齒，根本說不出口。

小秀和小吉並非天生的雙胞胎。你不是醫生或許不明白，但是對我們這一行的人而言，這是種常識。連體嬰必然是同性，這是不變的原則，同一受精卵是生不出龍鳳胎的。再說，世上哪有長相和體質都如此天差地遠的雙胞胎？

他們在嬰兒時期被剝皮削肉，硬生生地縫在一塊。只要符合條件，這並非不可能達成的事，說不定連運氣好一點的外行人都辦得到。不過，他們並非如自己所想的那般緊密黏合，要切開他們易如反掌。」

「這麼說來，他們也是為了賣給秀場而製造的？」

「是啊。所以才讓他們練三味線，等到行情最好的時候再賣掉。你知道小秀不是天生殘廢，一定很開心吧，是不是？」

「你這是嫉妒？」

世外異境讓我變得大膽起來。如諸戶所言，用不著講究禮儀與羞恥心，因為我們大限將至，說什麼都無妨。

「嫉妒？是啊，我不知道嫉妒了多久，搶著和初代小姐結婚的其中一個原因也是嫉妒。她死了以後，見你如此悲嘆，我不知道有多麼心酸。不過，不管是初代小姐或小秀，甚至其他女性，你都再也見不著了。在這個世界，你和我就是所有的人類。

啊，我好開心。我很感謝把你和我關進另一個世界的老天爺。打從一開始，我就不想活了，是替父親贖罪的責任感讓我做了那麼多努力。與其以惡魔之子的身分繼續苟活，不如與你相擁而死更讓我開心。蓑浦，請你忘了地上世界的習俗，拋棄地上世界的羞恥，實現我的心願、接受我的愛。」

諸戶再度陷入狂亂。面對他這種令人不快的心願，我不知道該如何回答。我想其他人大概也和我一樣，一想像戀愛對象並非妙齡女子便毛骨悚然，萌生一股難以言喻的厭惡感。當朋友，我並不介意肢體接觸，甚至覺得舒適；但是一旦涉及戀愛，同性的肉體便令我作嘔。這是排他性戀愛的另外一面，同性相斥。

身為一個朋友，諸戶很可靠，也很得我的好感。然而，正因為如此，我更是難以忍受將他當成愛慾的對象看待。即使死到臨頭而自暴自棄，我依然無法消除這股憎惡。

我推開逼近的諸戶，逃之夭夭。

「啊，你到現在仍然無法愛我嗎？不能可憐可憐我，接受我挖心掏肺的愛嗎？」

諸戶大失所望，嚎啕大哭地追趕著我。

一場顧不得禮義廉恥的地底捉迷藏就此展開。啊，這是多麼難堪的場面。

當時我們身在左右開闊的地洞，我逃離原地三十餘尺，蹲在黑暗的角落屏住呼吸。

諸戶也靜悄悄的，不知是正豎起耳朵聆聽動靜？或是猶如沿著牆壁滑動的盲蛇一般，無聲無息地接近獵物？我心裡完全沒個底，因此更覺得恐怖。

我身在黑暗與沉默中，宛如沒有眼睛也沒有耳朵的人，獨自打顫地心想：

「有空做這種事，不如努力離開這個洞穴。難道諸戶打算為了他那異樣的愛慾，犧牲可能獲救的性命？」

當我驚覺時，盲蛇已然靠近我了。黑暗之中，他看得見我嗎？莫非他擁有五感以外的感覺？我大吃一驚，拔腿就跑，無奈腳卻被他宛若麻糬的手給抓住。

我被一把摟倒在岩石上，盲蛇滑溜溜地爬上我的身體，我不禁懷疑這個人不人、鬼不鬼的怪物，真的是諸戶嗎？那已經不是人類，只是頭可怕的野獸。

我發出恐懼的呻吟聲。

這和死亡的恐懼不同，卻遠比死亡來得更令人厭惡、更難以形容。

潛藏在人類心底深處的駭人事物，化為海怪般的詭異姿態，出現於我的面前。這是黑暗、死亡與獸性的活地獄。

我失去呻吟的力氣，嚇得不敢出聲。

滾燙如火的臉頰貼上我冷汗直流的臉頰，狗一般的哈哈喘息聲、異樣的體味與滑熱的黏膜猶如水蛭一般在臉上爬動，摸索著我的嘴唇。

諸戶道雄如今已不在人世，我不敢讓死者蒙羞，便不再贅述。

當時正好發生一件怪異至極的事，多虧這樁意料之外的怪事，我才得以逃過一劫。

洞窟的另一端響起一道奇怪的聲音。我已經習慣蝙蝠和螃蟹，但是這道聲音並非這類小動物發出的，那是體型大上許多的生物蠢動的氣息。

諸戶鬆開抓著我的手，豎起耳朵聆聽動靜。

意外的人物

諸戶放開了我。出於動物的本能，我們對著敵人擺出備戰架式。豎耳細聽，可聽見生物的呼吸聲。

「噓！」

諸戶猶如趕狗一般喝道。

「果然沒錯，有人在這裡。喂，我沒說錯吧？」

說來意外，那個生物說出人話。那是有點歲數的人聲。

「你是誰？怎麼會跑到這裡來？」

諸戶反問。

「你是誰？在這裡做什麼？」

對方也問了同樣的問題。

不知是不是因為洞窟的回音讓聲音變質，雖然我覺得這個聲音有點耳熟，但是想破了腦袋也想不出來。好一陣子雙方都沉默不語，互相試探。

對方的呼吸聲變得越來越清晰，似乎正逐步靠近我們。

「你是不是諸戶宅院的客人？」

聲音從六尺近處傳來。這回聲音較為低沉，音調分明。

我倏然想起某個人。不過，那個人應該已經死了，被丈五郎所殺……這是死人的聲音？剎那間，我萌生一股錯覺，莫非這個洞窟真的是地獄，我們已經死了？

「你是誰？該不會……」

我話才說到一半，對方便開心地叫道：「啊，沒錯，你是蓑浦先生。另一個人應該是道雄少爺吧？我是被丈五郎殺害的老德。」

「啊，是德叔，你怎麼會跑到這種地方來？」

我們循著聲音奔向對方，摸索彼此的身體。

德叔的船在魔淵旁被丈五郎推落的大石頭撞翻了。不過，德叔並沒有死。當時正好漲潮，他的身體被吸入魔淵洞窟中。待潮水退去之後，他便獨自留在黑暗的地下迷宮裡苟延殘喘，直到今天。

「令郎呢？當我替身的令郎呢？」

「不知道，八成是被鯊魚給吞了。」

德叔萬念俱灰地說道。

這也難怪，畢竟連德叔自已也無望回到地面上，和死人沒什麼兩樣。

「都是因為我，害你們遭受池魚之殃，你一定很恨我吧！」

我開口道歉。然而在這個死亡洞窟裡，謝罪聽起來顯得虛情假意。德叔並沒有答話。

「你們看起來很虛弱，肚子應該餓了吧？這裡有我吃剩的東西，你們拿去吃吧。用不著擔心食物，這裡有一堆大螃蟹。」

我正在奇怪德叔是如何活下來的，原來如此，他是靠著生吃螃蟹充飢。我們從德叔手上接過蟹肉，大快朵頤。蟹肉冰涼軟爛，活像鹹的洋菜，但是非常美味。我從沒吃過如此可口的食物。

我們又央求德叔捉了幾隻大螃蟹，用岩石砸爛甲殼，吃個精光。現在回想起來，似乎有些噁心骯髒，但在當時，把仍在蠢動的粗大蟹腳砸爛、吸吮軟爛的蟹肉，實在是種難以言喻的美味。

填飽肚子之後，我們稍微恢復元氣，便和德叔分享彼此的遭遇。

「這麼說來，我們沒有希望活著走出這個洞窟了。」

聽完我們的經歷，德叔絕望地嘆口氣。

「我選錯了路，當初應該拚命從原先的洞口游向大海。可是我擔心被捲入漩渦裡老命不保，所以沒有往大海游，反而游進洞穴裡。萬萬沒想到這個洞穴是遠比漩渦可怕的八幡不知藪，後來發現想折回原路卻迷失方向，走不回原來的洞穴。不過這次算是因禍得福，多虧我迷路四處徘徊，才能遇上你們。」

「既然有食物，我們用不著絕望。如果碰一百次運氣能有一次機會走出這裡，就算白走九十九次，那又何妨？無論要花上幾天甚至幾個月，都無所謂。」

人數增加與生蟹肉令我士氣大振。

「啊，你們都想重見天日，我好羨慕你們。」

諸戶突然悲傷地喃喃說道。

「你怎麼說這種奇怪的話？你不想活命嗎？」

德叔詫異地問道。

「我是丈五郎的兒子，是殺人凶手、殘廢製造者、惡魔的兒子。我見不得光，無顏面對世上的正人君子。或許這個黑暗的地底才是適合惡魔之子的居所。」

可憐的諸戶。令他羞愧的不只這件事，還有他剛才對我做出的齷齪行為。

「難怪你這麼想，因為你什麼都不知道。你們剛來島上的時候，我就想告訴你們實情了。還記得那天傍晚，我蹲在海邊目送你們嗎？可是，我怕丈五郎報復。要是惹火丈五郎，就別想在島上繼續住下去。」

德叔語帶玄機地說道。他從前在諸戶宅院當下人，應該知道丈五郎的某些祕密。

「實情？什麼實情？」

諸戶動了動身子，如此反問。

「你並不是丈五郎的親生兒子。到了這個關頭，說出來也不打緊。你是丈五郎從本島拐來的小孩。仔細想想，那對殘廢又骯髒的夫婦，怎麼生得出你這麼漂亮的孩子？他的親生兒子帶著戲班在各地巡演，和他是同一個模子刻出來的駝子。」

讀者也知道，先前北川刑警曾經尾隨馬戲團前往靜岡縣的某個城鎮，當時他拉攏了一個侏儒打聽「老爹」之事。侏儒曾說「馬戲團的老大不是老爹，是另一個年輕駝子」，而這個「老大」就是丈五郎的親生兒子。

德叔繼續說道：

「丈五郎原本打算把你也弄成殘廢，但是駝子老媽喜歡你，便把你當兒子扶養。後來知道你聰明伶俐，丈五郎也改變心意，收你為子、供你讀書。」

至於丈五郎為何要收諸戶為子？這是因為要達成他的惡魔目的，必須有親生父子這段想切也切不斷的關係。

啊，原來諸戶道雄並非惡魔丈五郎的親生兒子。這真是個驚人的事實！

芳魂的指引

「請你說得更詳細、更詳細一點。」

諸戶用嘶啞的聲音急切地說道。

「我家從我老爸那一代起，就在樋口家當傭人了。直到七年前，我實在看不慣駝子的作風才辭掉工作。我今年正好六十歲，已經看了樋口一家的紛紛擾擾五十年。我會一五一十地告訴你，你仔細聽著吧。」

於是，德叔開始回憶過去的五十年，並訴說樋口家——也就是現在的諸戶宅院——的歷史。這段歷史詳細寫來很無趣，因此我列成年表，以俾讀者一目了然。

（慶應年代）樋口家的前任當家萬兵衛姦淫醜陋的殘廢女傭，生下海二。海二是個比母親更為醜陋的小駝子，萬兵衛嫌棄，便將母子兩人放逐。他們藏身於本島山中，過著野獸般的生活。母親詛咒世間、詛咒世人，懷恨亡於山中。

（明治十年）萬兵衛正室之子春雄與對岸少女琴平梅野結婚。

（明治十二年）春雄與梅野生下春代。不久後，春雄病死。

（明治二十年）海二以諸戶丈五郎之名歸島，入主樋口家，見梅野柔弱可欺便作威作福，甚至逼迫梅野與他逆倫苟合。梅野不從，帶著春代逃回娘家。

（明治二十三年）丈五郎失戀，詛咒世間，找了個醜陋的駝子少女與她結婚。

（明治二十五年）丈五郎夫妻生下一子。因果循環，孩子也是駝子，丈五郎開心得合不攏嘴。同年，他從某處誘拐一歲的道雄。

（明治三十三年）回到娘家的梅野之女春代（春雄的親生女兒，樋口家的正統繼承人）與同村的青年結婚。

（明治三十八年）春代生下長女初代，即是日後的木崎初代，我那被丈五郎殺害的情人木崎初代。

（明治四十年）春代生下次女綠。同年，春代的丈夫死亡，娘家人也都不在人世，春代便循著母親的血緣關係來到岩屋島，寄居於丈五郎的宅院。她是受了丈五郎的甜言蜜語所欺騙。在這個故事的開頭，初代曾說她在荒涼的海岸照顧小嬰兒，便是這段期間的事。那個小嬰兒即是次女綠。

（明治四十一年）丈五郎狼心顯露，想利用梅野之女春代，彌補得不到梅野的遺憾。春代難以容身，某個夜裡帶著初代悄悄逃離島上。次女綠於此時被丈五郎搶走。春代輾轉流落大阪，無以餬口，只好拋棄初代。初代後來被木崎夫妻撿走了。

以上即是基於德叔的所見所聞，再加上我的想像而寫成的樋口家簡史。從這段歷史可知，初代才是樋口家的正統繼承人，丈五郎不過是女傭的兒子。若是這個地底下真的藏有財寶，理當屬於過世的初代。

至於諸戶道雄的親生父母是誰，說來遺憾，完全不明，只有丈五郎知道。

「啊，我真是如獲新生啊！既然知道這件事，無論如何，我都要回到地上，質問丈五郎，逼他坦白招出我親生父母的下落。」

道雄大為振奮。

而我的心則是為了不可思議的預感而撲通亂跳。我必須向德叔問個清楚。

「春代女士生了兩個女兒，初代和綠。妹妹綠在春代女士離家出走時被丈五郎搶走，算起來今年該有十七歲。她後來怎麼了？現在還活著嗎？」

「哦，我忘了說。」德叔回答：「她還活著，但只是苟且偷生而已，過的根本不是正常人的生活。她被改造成殘廢雙胞胎。」

「哦，莫非她就是小秀？」

「沒錯，小秀就是變得面目全非的綠小姐。」

多麼不可思議的因緣啊！我居然愛上初代的親生妹妹。初代會恨我變心嗎？又或者這一切都是初代芳魂的指引，是她讓我來到這座孤島上，讓我看見倉庫窗前的小秀，讓我對小秀一見鍾情呢？啊，我有這種強烈的感覺。倘若初代的芳魂真有這麼大的力量，或許我們也能順利找到寶藏，離開這個地下迷宮。我和小秀相逢的時刻，或許真會到來。

「初代、初代，請妳保佑我們。」

我在心中向魂牽夢縈的她祈禱。

發狂的惡魔

接著，惱人的地獄巡禮再度展開。我們生吃蟹肉充飢，喝洞頂滴落的清水解渴，繼續進行長達數十小時的無盡之旅。在這段期間，我們嘗到許多痛苦與恐懼，內容過於冗長，我全數省略。

地底沒有晝夜之分，我們累得緊了，便就地躺下來呼呼大睡。從不知第幾次的睡眠醒來時，德叔突然尖聲大叫：

「有繩子！有繩子！你們弄丟的麻繩是不是這條？」

這個意外的喜訊令我們欣喜若狂，立刻爬向德叔身邊用手摸索，確實是麻繩。這麼說來，我們已經來到入口附近？

「不是，這不是我們的麻繩。蓑浦，你覺得呢？我們的麻繩沒這麼粗吧？」

道雄狐疑地說道。經他這麼一說，這確實不像是我們使用的麻繩。

「這麼說來，除了我們以外，還有人使用繩子引路，進入這個洞窟？」

「只有這個可能性，而且對方是在我們之後。因為我們進來時，水井入口並沒有繫著這樣的麻繩。」

在我們之後來到地底的究竟是誰？是敵是友？話說回來，丈五郎夫妻被關在土倉裡，剩下的都是殘廢。啊，莫非是前幾天出航的諸戶宅院傭人歸來，發現了古井入口？

「總之，我們先沿著這條繩子走走看吧！」

我們聽從道雄的意見，以繩子為路標往前行走。

果然有人進入地底。走了一小時後，前方便透出模模糊糊的亮光。是反射在凹凸壁面上的燭光。

我們握緊口袋裡的刀子，一面留意腳步聲的回音一面慢慢行走。拐了個彎以後，亮光變得更強。

我們終於抵達最後的轉角。岩角的另一頭，外露的蠟燭正搖曳著。是吉？是凶？我雙腿發軟，已經沒有前進的力氣。

突然，岩石的另一頭傳來異樣的叫聲。仔細一聽，那不是單純的叫聲，而是一首歌。一首歌詞與節拍都亂無章法、從未聽過的凶暴歌曲，在洞窟裡不斷迴盪，聽來宛若某種奇獸的叫聲。在意料之外的地方聽見這首不可思議的歌曲，令我毛骨悚然。

「是丈五郎。」

打頭陣的道雄悄悄從岩角探頭窺視，吃了一驚，又縮回頭來向我們報告。

被關在土倉裡的丈五郎怎麼會來到這裡？他為何唱著奇妙的歌曲？我完全不明白。歌曲的音調變得越來越高、越來越凶暴，除此之外，還有一陣叮叮噹噹的尖銳金屬聲，宛若替歌曲伴奏。

道雄再次從岩角探頭窺視片刻。

「丈五郎瘋了。這也難怪，你們瞧瞧那幅光景。」

說著，他大步走向岩石的另一頭。聽說丈五郎瘋了，我們也立即跟上。

啊，當時拓展於我們眼前的驚異光景，是我永生難以忘懷的景象。

一個半邊臉被燭光照得紅冬冬的醜陋老駝子，一面發出不知是唱歌或吶喊的聲音，一面發狂地跳著舞。他的腳邊是一整片的金色，看上去宛若銀杏的落葉。

丈五郎把雙手伸進洞窟角落的幾個甕中，掏出裡頭的東西，狂舞著灑落。金色的雨發出叮叮噹噹的美妙聲音。

丈五郎搶在我們前頭，幸運地找到地底的財寶。沒有遺失引路繩的他不像我們那樣在原地繞圈，迅速抵達目的地。然而，這對他而言是種可悲的幸運，驚人的金山使他發瘋了。

我們奔上前去，拍打丈五郎的肩膀，設法令他恢復神智。但丈五郎只是用無神的雙眼看著我們，繼續唱著不知所云的歌，連對我們的敵意也不復在。

「我懂了，蓑浦，就是這個老頭切斷我們的引路繩。他害我們迷路，自己則用另一條引路繩來到這裡。」

道雄恍然大悟地叫道。

「不過，丈五郎出現在這裡，我可擔心起其他留在諸戶宅院裡的殘廢。他們該不會出事了吧？」

其實我擔心的是情人小秀的安危。

「我們現在有這條麻繩，要出去輕而易舉。先回去看看情況吧！」

在道雄的指揮之下，我們留下德叔監視瘋老頭，沿著引路繩跑向出口。

刑警到來

我們平安地離開水井。久違的日光讓我們眼前發黑，我們強自忍耐，手牽著手奔向諸戶宅院的正門。另一頭有個陌生的西服紳士迎面走來，和我們撞個正著。

「喂，你們是誰？」

那個男人一看見我們，便傲慢地叫住我們。

「你又是誰？看起來不像是這個島上的人。」

道雄不答反問。

「我是警察，來調查這戶人家的。你們和這戶人家有什麼關係？」

想不到西服紳士竟是刑警。他來得正好，我們各自報上名字。

「少騙人了。我知道諸戶和蓑浦兩人都來到這裡，但他們可不是像你們這樣的老人。」

刑警說了句奇怪的話。他居然說我們是老人，是不是有什麼誤會？

我和道雄滿心狐疑，忍不住面面相覷，卻又大吃一驚。

站在我眼前的不是幾天前的那個諸戶道雄。他變得和乞丐一樣衣衫襤褸，皮膚被汙垢染成鉛色，頭髮凌亂不堪，眼窩凹陷，頰骨突出，宛若骸骨一般。難怪刑警將他錯認為老人。

「你的頭髮全白了。」

說著，道雄露出奇異的笑容。在我看來，就像是在哭泣。

我的變化比道雄更為劇烈。我的肉體和他同樣憔悴，而且頭髮在身處洞穴的幾天裡失去所有色素，變得和八十歲老人一樣雪白。

我知道極度的精神痛苦使得人類一夜白頭的奇異現象，也曾在書上看過兩、三個例子，但完全沒想過這種罕見現象會發生在我身上。

話說回來，這幾天裡，我不知面臨過幾次死亡或超乎死亡的恐懼，真虧我沒有發瘋。我沒有發瘋，只是白了頭，或許已經很走運。

同樣經歷世外奇遇的諸戶頭髮並無異狀，應該是因為他的心靈比我堅強許多吧。

我們向刑警簡單扼要地說明來到這座島上之前與之後發生的所有事。

「為什麼不向警方求助？你們經歷的苦難根本是自作自受。」

聽完我們的一番話，刑警劈頭就是這麼一句。當然，他的臉上帶著微笑。

「因為我以為惡人丈五郎是我的父親。」

道雄辯解。

這名刑警並非隻身前來，還帶著幾個同事。他命令其中兩人進入地底，將丈五郎與德叔帶出來。

「請別動引路繩，還得把金幣拿出來才行。」

道雄提醒那兩人。

先前我已經告訴過各位讀者，池袋署的北川刑警為了調查小雜技師友之助所屬的尾崎馬戲團而遠赴靜岡縣，並且費盡心機討好小丑侏儒，終於問出祕密。不枉費北川刑警的一片苦心，他從與我們完全不同的方向找出岩屋島的巢穴，並率眾登島，調查諸戶宅院。

眾刑警抵達時，諸戶宅院之中有個男女雙頭怪物正在上演劇烈的爭鬥。不消說，正是小秀與小吉雙胞胎。

刑警制伏怪物，詢問情況，而小秀滔滔不絕地說明來龍去脈。

我們進入水井之後，嫉妒我和小秀的小吉為了找碴，私通丈五郎打開土倉的門。當然，小秀極力阻止，但是敵不過小吉的蠻力。

重獲自由的丈五郎夫妻立刻揮鞭將眾殘廢關進土倉裡。由於小吉是功臣，因此只有雙胞胎倖免於難。

之後，在小吉的通風報信之下，丈五郎得知我們的去向，便拖著行動不便的身體親自進入井裡，切斷我們的麻繩，並使用另一條繩子踏入迷宮。丈五郎的駝子老婆和啞巴年嫂想必也幫了他的忙。

自此以來，小秀和小吉成了仇人。小吉想控制小秀，小秀唾罵小吉的背叛，兩人吵著吵著便大打出手，而刑警一行人即是在此時到來。

聽完小秀的說明，得知來龍去脈的眾刑警立刻將丈五郎的老婆及年嫂繩之以法，並放出土倉裡的殘廢。在他們準備下地底逮捕丈五郎時，我們正好出現。

透過刑警的敘述，我得知以上的經過。

大團圓

如此這般，木崎初代（正確地說是樋口初代）、深山木幸吉、友之助小弟三重凶殺案的真凶已然查明。用不著我們報仇，凶手已經成了瘋子。此外，成為凶殺案動機的樋口家財寶也找到了，我的長篇故事該在這裡落幕。

還有沒有什麼遺漏的事？對了，就是業餘偵探深山木幸吉的事。為何他光看那本族譜，就知道凶手的巢穴在岩屋島？即使他這個偵探再怎麼高明，這等洞察力未免太超乎常理。

事情結束之後，這件事我怎麼也想不透，便向深山木的朋友商借他代為保管的故人日記。我仔細翻閱之後，真讓我找到答案。在大正二年的日記裡，出現了樋口春代的名字，不消說，就是初代的母親。

讀者也知道，深山木是個奇人，雖未娶妻卻和許多人擁有親密關係，猶如夫妻般同居，春代女士也是其中一人。

深山木曾在旅行地收留了生活困頓的春代女士。那已經是她拋棄初代許久以後的事了。同居兩年後，春代女士病歿於深山木家中，臨死之前，她將拋棄女兒、族譜及岩屋島之事都告訴深山木。因此，多年以後，深山木一看見樋口家族譜，便立刻找上岩屋島。

族譜是由樋口春雄（丈五郎的哥哥）傳給妻子梅野，再由梅野傳給女兒春代，之後又由春代傳給初代。當然，他們並不知道族譜的真正價值，只是遵守祖先的遺訓，代代傳給正統繼承人罷了。

那麼，丈五郎又是如何得知族譜之中藏有咒文？根據他老婆的供詞，某一天，丈五郎閱讀了祖先留下的日記，不經意地發現這一節。日記中指稱，傳家之寶的祕密就藏在族譜中。然而，當時春代已經離家出走，難得的發現全然派不上用場。自此以來，丈五郎便命令駝子兒子尋找春代的下落，但漫無頭緒地找人，目的自然難以達成。到了大正十三年，他們好不容易才查出現在持有族譜的是初代。後來丈五郎為了得到族譜而用了多少心機，各位讀者也很清楚。

樋口家的祖先便是俗稱倭寇的海盜，擁有大量從大陸沿海地帶掠奪而來的財寶。他們害怕被領主沒收，便將財寶深藏於地底，代代口傳藏寶之處。春雄的祖父將其改寫成咒文，封於族譜之內，不知何故，竟未將咒文之事告知孩子便過世了。根據德叔聽到的傳聞，那個人似乎是中風猝死的。

此後，樋口一族便無人知曉財寶之事，直到丈五郎發現舊日記中的那一節為止。

然而，樋口一族以外的人反而知道這個祕密。我這麼想是有理由的，就是十年前從K港渡海前往岩屋島，在諸戶宅院作客，之後沉入魔淵消失無蹤的那個怪男人。他顯然從古井進入了地底，我們看見他留下的痕跡。丈五郎的老婆回憶那個男人，說他是樋口家祖先下人的子孫。我想，大概是那個男人的祖先察覺藏寶之處，留下什麼紀錄吧。

往事就說到這裡，最後，待我簡述一下登場人物的後續，便要結束這個故事。

首先要寫的是我的情人小秀。她確確實實是初代的親生妹妹緣，也是樋口家唯一的正統繼承人，因此地底財寶全歸她所有。以時價換算，這筆財產接近一百萬圓（註12）。

小秀成為百萬富翁。非但如此，她現在已經不是醜陋的連體嬰，野蠻人小吉被道雄的手術刀切開。他們本來就不是連體嬰，兩人都是毫無缺陷的獨立男女。小秀在傷口癒合之後，梳妝打扮、穿上美麗的絹衣出現於我的面前，並用東京腔對我說話時，我有多麼欣喜，應該用不著在這裡贅述。

不消說，我和小秀結婚了，那一百萬圓現在是我和小秀的共同財產。

我們商量過後，在湘南片瀨的海岸蓋了一座氣派的殘障者之家。樋口一家出了丈五郎這個惡魔，為了贖罪，我們打算大量收留無法自力更生的殘障者，供他們安享餘生。頭號客人便是從諸戶宅院帶來的人造殘廢，丈五郎的老婆及啞巴年嫂也在其中。我們還在殘障者之家旁邊蓋了座整形外科醫院，目的是盡醫術之能，將殘廢重新改造為正常人。

丈五郎、他的駝子兒子及諸戶宅院的爪牙都各自受到法律制裁。初代的養母木崎未亡人被我們接到家中同住，小秀叫她媽媽，對她極為孝順。

透過丈五郎老婆的供詞，道雄得知自己的家位於何方。他出生於紀州新宮附近某個村子的富有農家，父母兄弟都還健在。事隔三十年，他總算回到陌生的故鄉、陌生的父母身旁。

我滿心期待等他回京之後，就要聘請他擔任我的外科醫院的院長。誰知他回鄉不到一個月便染上疾病，到陰間作客去了。這可說是圓滿結局之中的唯一一件憾事。在他父親寄來的訃聞中，寫著下列這段文字：

『道雄臨死前並未呼喊父親之名，亦未呼喊母親之名，而是緊緊抱著您的來信，不斷地呼喚您的大名。』

註12／約為現在的四億圓。

自註自解

昭和四年，森下雨村先生任職博文館的總編輯，為了對抗講談社的《王者》而創設高發行量的大眾雜誌《朝日》。這篇小說即是從該年一月的創刊號開始連載，為期一年多。本作的靈感來自《鷗外全集》的隨筆，文中提及製造賣藝用殘障者的中國故事，我便是據此完成大綱。之後，我也在通俗娛樂雜誌上寫了許多連載小說，《孤島之鬼》可說是這類作品的第一作。曾有人說，這是我的長篇小說之中脈絡最為完整的一部作品。之所以在這篇小說中加入同性戀元素，大概是因為當時我的朋友岩田準一十分熱衷於蒐羅同性戀文獻，而我在無意間將其投射於小說之中吧。本作也收錄在新潮社於昭和十三、四年出版的《江戶川亂步選集》裡，當時已爆發第二次中日戰爭（註13），小說審閱變得嚴格許多，應官方要求刪除了幾處文字。戰後的某些版本修正不及，導致有些部分依然維持刪除狀態，因此，我對照大正六、七年平凡社為我出版的全集，將內文全數恢復。此外，我察覺文末的樋口家年表有錯誤之處，已一併訂正。

晚年的祖父亂步

平井憲太郎

那個以「我、我、我們是少年偵探團」主題曲而聞名的廣播劇，在一九五五年我四歲時，開始在日本廣播電台播放。倘若有個世代叫「少年偵探團世代」，一九五〇年生的我可說是位於這個世代的正中央。當時家裡附近還有許多空地與空屋，頑童們仿效月光面具及赤胴鈴之助，化身為少年偵探團的成員，成天玩偵探遊戲——我的孩提時代就是這麼度過的。說歸說，全盛期間，我只是個幼稚園至小學低年級生，人微言輕，沒機會扮演小林芳雄或怪盜千面人，只能像隻無頭蒼蠅在周圍跑來跑去。現在想想，實在很遺憾。

我出生時，祖父江戶川亂步已經五十六歲，又加上父親是獨子，因此我小時候可說是備受寵愛。不過由於職業關係，祖父的生活晝夜顛倒，時常出門，賓客如雲，所以他並不是那種時時陪在孫兒身邊的祖父。但是我隱約記得，我把他的寶貝相機拆開卻裝不回去時，他並

註13／一九三一年至一九四五年，二戰期間中華民國與大日本帝國之間的戰爭。

未痛罵我一頓，而是自行將相機重新組裝好。

現在回頭一看，當時隨著戰敗，脫離了戰爭中無法寫作也無法出版的時期，迎接戰後經濟復甦期，正是生活開始變得寬裕的年代，或許可說是祖父晚年最幸福的時期吧。

當時他幾乎不再發表新作，以「少年偵探團」系列的連載、評論與隨筆為工作中心，因此鮮少被編輯追著催稿，壓力似乎也比較小。

不過，訪客倒是頻頻上門。當時他正熱衷於透過偵探作家俱樂部等場合交友，並同時連載好幾部少年文學，因此常有作家朋友和編輯等形形色色的客人上門。

我很清楚祖父是位知名作家，但當時還是小學低年級生的我，完全不明白來訪的客人們是多麼厲害的人物。有時候我會被叫去熱場子，有些客人會帶禮物給我，還有許多客人會陪我玩。至今我仍記得住得很近的大下宇陀兒先生，與最親近的橫溝正史先生。

我就讀的小學有一份回家作業叫「圖畫日記」，每天放學回家都得寫，而我最不擅長寫這份作業。有一回，我正巧碰上編輯來家中邀稿，只見祖父在短時間內便寫出數張稿紙交給對方，令我深切感受到祖父的偉大。比較對象是「圖畫日記」，說來對祖父有些過意不去，不過當時我真的大為感動。

談到寫作，祖父在土倉裡執筆的照片很多，所以一般人似乎以為他通常在土倉中寫作，其實他主要是在和室的矮几（冬天是被爐）寫作。據說是因為明治時代出生的他坐不慣椅子，以及冬天的土倉太冷之故。祖父是因為中意土倉才搬來池袋的家，但是生性怕冷的他實在無法忍受冬天的土倉。

父親曾告訴我，祖父仍持續創作時，常趴在被窩裡寫稿，寫到一個段落便要妻子（我的祖母）念出來，供他推敲字句。到了我的時代之所以變成矮几，或許是因為苦心琢磨作品的時間變少了吧。

不過，土倉及土倉裡的桌子依然是他的最愛，所以採訪拍照時通常是選在這裡。這張桌子在西式會客室落成以後移到了會客室裡，至今在採訪亂步邸拍照時仍會用上。

祖父雖然是明治時代出生的，卻熱愛新奇事物。打從戰前，他便熱衷於自拍影片，在我小時候，他甚至買了使用十六毫米膠捲的相機和放映機，享受攝影之樂。每當他出外旅行歸來，便會自行剪輯膠捲、彙整作品，邀集家人與作家朋友舉辦上映會。對於家人而言，這是個有點煩人的活動，但是有美味的點心可吃，所以我向來很期待。

現在影印是家常便飯，但當時沒有影印機，如需複寫，只能手寫或夾上碳紙。在這樣的時代，溼式反射原稿複寫機剛問世，便立刻在我家登場了。但一來是因為難用，二來是因為祖父的身體狀況逐漸惡化，因此幾乎沒派上用場。不過，舉凡切換式電話、擺放電話的旋轉台、收放字典等常用資料的旋轉式書櫃、轉接電話及通知訪客到來的電鈴等等，他樣樣都有，套句現代的說法，就是個走在時代尖端的人。倘若他活在現在這種打字機、電腦時代，不知會如何使用？我不禁有些好奇。

祖父的書房最為活躍的當年，正好是同時連載數部少年文學作品的時期。矮桌前的書架用洗衣夾夾著許多連載部分的雜誌剪報，至於剩下的部分則歸我所有，我總是開開心心地閱讀少年雜誌。

祖父的房裡仍然珍藏著讀者的投書及賀年卡。自己的作品受到這麼多人喜愛，或許這個事實便是他最大的樂趣吧！

咎井淳
《孤島之鬼》構想圖

登場人物圖

關於本書：

一，本書乃是以桃源社發行的《江戶川亂步全集》（一九六一年～一九六三年）為底本，重新編輯而成。字句上，在尊重作者文風的前提下，為現代年輕人較難理解的漢字加上拼音，以易於閱讀為優先考量進行修改。

二，本作中有些以現代觀點來看有欠妥當的歧視字眼及歧視文句，但作者並無歧視之意，又已是故人，為了尊重作品的藝術性與文學性，便維持底本原貌，不做更動。

Libre編輯部

國家圖書館出版品預行編目資料

江戶川亂步傑作集. 1, 孤島之鬼 / 江戶川亂步作
; 王靜怡譯.
-- 初版. -- 臺北市 : 臺灣角川, 2016.09
面 ; 公分
譯自 : 江戸川乱歩傑作集. 1, 孤島の鬼
ISBN 978-986-473-277-7(平裝)

861.57　　105013847

江戶川亂步傑作集 1 **孤島之鬼**

原著名＊江戸川乱歩傑作集 1 孤島の鬼

作　　者＊江戶川亂步
插　　畫＊咎井淳
譯　　者＊王靜怡

2016 年 9 月 29 日　初版第 1 刷發行

發 行 人＊成田聖
總 編 輯＊呂慧君
主　　編＊李維莉
文字編輯＊溫佩蓉
資深設計指導＊黃珮君
美術設計＊邱靖婷
印　　務＊李明修（主任）、張加恩、黎宇凡、潘尚琪

發 行 所＊台灣角川股份有限公司
地　　址＊105 台北市光復北路 11 巷 44 號 5 樓
電　　話＊（02）2747-2433
傳　　真＊（02）2747-2558
網　　址＊http://www.kadokawa.com.tw
劃撥帳戶＊台灣角川股份有限公司
劃撥帳號＊19487412
製　　版＊尚騰印刷事業有限公司
I S B N＊978-986-473-277-7

香港代理
香港角川有限公司
地　　址＊香港新界葵涌興芳路 223 號新都會廣場第 2 座 17 樓 1701-02A 室
電　　話＊（852）3653-2888

法律顧問＊寰瀛法律事務所

Original Design: Mamiko Saito<Asanomi Graphic>
Originally published in Japan in 2015 by Libre Publishing Co., Ltd.